EL SUR

ExLibric

DORO ALBERTI BARRANCO

EL SUR

EXLIBRIC
ANTEQUERA 2024

EL SUR
© Doro Alberti Barranco
Diseño de portada: Dpto. de Diseño Gráfico Exlibric

1ª edición

© ExLibric, 2024.

Editado por: ExLibric
c/ Cueva de Viera, 2, Local 3
Centro Negocios CADI
29200 Antequera (Málaga)
Teléfono: 952 70 60 04
Fax: 952 84 55 03
Correo electrónico: exlibric@exlibric.com
Internet: www.exlibric.com

ISBN: 979-13-87528-42-3
Depósito Legal: MA 2958-2024

Impresión: PODiPrint
Impreso en Andalucía – España

Nota de la editorial: ExLibric pertenece a Innovación y Cualificación S. L.

DORO ALBERTI BARRANCO

EL SUR

I

Julio era un niño que se parecía mucho a ti. Tenía una cara y una sonrisa parecida a la tuya. Sus ojos… y, hasta su corte de pelo se parecía al tuyo. Sorprendente, ¿no? Pues así era.

Julio vivía en un lugar al Sur; ya sabes: luz, sol, mar azul y casas blancas. Su padre, un honrado trabajador, habitaba una de esas casitas de pueblo cerca de la playa.

Desde pequeño, a Julio le gustaba pasear hasta la orilla del mar y, una vez allí, hacer lo que todos los niños en la playa: construir grandes castillos de arena que luego caen empujados por una ola y hoyos profundos donde, mágica, brota sin cesar el agua.

En el Sur, ¿sabes?, el clima es amable, pero tira a caluroso. Solo en los inviernos, algunos días, el cielo, eternamente azul, se oscurece. Julio sabía entonces que se aproximaba una tormenta.

¿Qué cómo lo sabía? ¡Buena pregunta! Verás, siempre pasaba lo mismo: Julio se levantaba por la mañana temprano, miraba por la ventana de su cuarto que daba al mar y observaba el bosque de eucaliptos, árboles gigantescos, que bordeaban el sendero hasta llegar a la playa. Observaba, entonces, sus ramas más altas y si las veía estremecerse las unas contra las otras, de acá para allá, como si quisieran salir corriendo y dejar aquel sendero para refugiarse lejos, entonces era que el tiempo amenazaba con una tormenta. Incluso podía oírse la voz de los árboles.

Sí, al frotar sus ramas, el sonido que producían era un lamento mágico que el niño podía interpretar y que más o menos decía: «Lluvia... lluvia... que ya viene la lluvia...», como un susurro. Luego, estaba su gata Flora, esa sí que era experta. Corriendo sin un propósito, sin una razón concreta. Subiéndose a la silla, bajando al fondo del sótano siempre con el rabo peludo arriba, como un palo de bandera, pero sin bandera, claro. Entonces, mágicamente, se desataba la tormenta: la Tata de la casa iba corriendo al tendedero para quitar, apresuradamente, los trapos tendidos, mientras la madre de Julio cerraba la puerta del patio con una tranca de palo, como si fuese a entrar el temporal precisamente por allí, como un ladrón.

¿Qué crees que hacía Julio entonces? Pues correr rápido a su habitación, subirse a la ventana y mirar. El espectáculo estaba a punto de comenzar. Desde su privilegiada situación se podía observar muy bien todo aquel panorama. ¿Y qué se veía? Pues verás: delante de su casa, el jardín. Era este algo pequeño y descuidado, con sus matas de margaritas y alguna que otra planta de tomates —sí, tomates—, que su padre cultivaba esperando obtener alguno para poder después prepararlo en ensalada, pero que, luego, a la postre, nunca crecían.

Más allá, los enormes eucaliptos, severos, haciendo guardia día y noche, a ambos lados del sendero. Y detrás, al fondo, el mar siempre azul; solo que ahora, y esto es lo que a Julio le entusiasmaba, mostraba otro rostro oscuro y amenazador.

Aquel azul casi celeste, apacible, salpicado por algunos minúsculos copos de espuma blanca, había cambiado su rostro. Las olas se levantaban nerviosas, amenazadoras, unánimes y la playa recogía el último vaivén de cada una de ellas con un rugido estremecedor.

Sobre este paisaje se movían un sinfín de nubes oscuras, densas, cargadas de lluvia.

De súbito, como el inicio de una sinfonía, el rayo, seguido a un compás de un trueno descomunal, se dejaba sentir.

—¡Ya ha empezado! —gritaba entonces el niño y, enfundándose sus altas botas de agua y, como único abrigo, el impermeable de plástico verde que colgaba del armario, salía corriendo a la calle. Abría los brazos extendiéndolos más allá de los hombros y corría y corría… Tal como lo haces tú, a veces, cuando lo único que deseas es volar… Corría así, sin freno, ayudado por la suave pendiente que caía hacia la playa, atropellando al sendero que se deslizaba veloz bajo sus pies. ¡Qué espectáculo! Los árboles aullaban, el trueno rugía, el agua azotaba, la luz se escondía y la mar le gritaba. Así hasta que, extasiado y exhausto, llegaba a la orilla, empapado y feliz.

Pero duraba bien poco ese fabuloso espectáculo. El viento, enemigo, se llevaba las nubes; y el sol, cómplice, asomaba tímidamente entre ellas. En un santiamén, la magia había desaparecido. Solo entonces Julio escuchaba la voz de su madre:

«¡Dios mío, mi madre!» pensaba y entonces se miraba a sí mismo: empapado de pies a cabeza, con el pelo revuelto y ese olor a ropa mojada que tanto le gustaba a él, pero que su madre no parecía compartir en absoluto.

Ya sabía lo que pasaría después, la clásica regañina de su mamá: «Que si estás loco, que cómo se te ocurre hacer esto, que te vas a enfermar, que no gana una para disgustos…».

En el fondo, él pensaba «¡qué más da!». Había vivido otra tormenta y ya solo quedaba esperar a la próxima. Merecía la pena esperar.

«Sí» —pensaba feliz el niño—, «realmente merecía la pena».

El tiempo, esa sustancia sutil de la que está hecha la vida, fue pasando y con él la vida de Julio. Diariamente, la escuela, luego los deberes, y después… ¡A la playa!, a mezclarse con el sol, la arena y el querido mar.

Así era la vida de este niño que, curiosamente, tanto se parece a ti. Hasta que una serie de hechos vinieron a turbar su tranquila existencia juvenil.

El primer hecho extraordinario fue la sequía que asoló la región. El Sur, como sabes, tiene un clima seco, donde el sol es el rey y la lluvia es una prima lejana que solo de vez en cuando viene a visitarlo. No se sabe bien por qué, quizás tuviesen la culpa los hombres, esos otros hombres que viven lejos, pero que son poderosos y que mandan mucho, con sus máquinas y sus fábricas, con sus planes de deforestación y desarrollo; esos que con sus manos blancas cambian el paisaje y no se manchan con el barro y la miseria ajenos. O tal vez fuera simplemente porque la naturaleza, sabia como es, así lo había decidido. Pero el caso es que el tiempo se fue, poco a poco, convirtiendo en monotonía.

Cada día, apenas se despertaba, Julio miraba por su ventana y siempre veía lo mismo: el mar azul y el cielo limpio. El sol en el horizonte, entonces, parecía que le guiñaba un ojo al tiempo que le decía:

—¡Hola, Julio!, buenos días. Lo siento… Hoy tampoco vendrá mi prima… —Se refería el pícaro a la lluvia, claro.

Entonces, el niño miraba a los eucaliptos, mudos, quietos y silenciosos, que lo único que sabían hacer era encogerse de hombros y poner ramas de circunstancias. Julio, entonces, con desgana, se vestía despacio y bajaba luego al jardín donde su gata Flora lo saludaba con un largo *miau*.

«Seguro que hoy no llueve —pensaba—, si Flora dice *miau* es que hoy no llueve. Seguro que no».

Y así un día y otro día, un mes y otro, se repetía el mismo fenómeno al que los adultos se empeñaban en llamar «Pertinaz sequía».

—¡Vaya nombrajo! —exclamaba estupefacto Julio—. Ya podrían haberse buscado otro nombre menos raro… «Pertinaz sequía» —repetía—, ¡pues vaya que sí! —mientras se encogía de hombros con gesto significativo.

El otro hecho extraordinario ocurrió de repente, como todos los hechos extraordinarios, que por eso precisamente se llaman así, porque no ocurren todos los días, ya que entonces serían simplemente ordinarios. Bueno, lo cierto es que aquella mañana Julio se despertó sobresaltado. Era un veintidós de diciembre, pero igual podía haber sido de agosto. El sol brillaba y el cielo era de auténtica primavera.

Se oía un griterío descomunal. Se asomó a la ventana. «¿Qué pasará? —se preguntaba—, ¿se habrán vuelto todos locos?». Vio a su padre, entre saltos, aupar de un brinco a su madre entre sus brazos, y a los vecinos con botellas de champán bañándose en líquido unos con otros.

—¡La lotería, la lotería! —gritaban—. ¡Qué alegría!, nos ha tocado la lotería.

13

«¡Vaya! —pensó el niño—. «Parece que la suerte se acordó por fin de mi padre».

Y vistiéndose, esta vez a toda prisa, bajó a unirse a la alegría familiar.

La fortuna se había fijado en el honrado padre de Julio, un hombre que había trabajado desde siempre y, aun así, nunca consiguió llegar a fin de mes. Sí, amigo: Julio, ese niño que tanto se parece a ti, que corre como tú y hace las mismas travesuras que tú, había tenido eso que los mayores llaman «suerte», porque la lotería, que es una cosa hecha de ilusión y esperanza, había golpeado la puerta de una modesta casa en el número cinco de la Avenida de los Manantiales, en un lugar del Sur. Y así, Julio se había encontrado súbitamente con que su vida iba a cambiar. Por lo pronto, su padre, que se llamaba Pedro, pero ahora era «Don Pedro», dejó su humilde trabajo para comprar un negocio en una ciudad del interior. Y allá se fueron todos. ¡Qué cambio! Habitaban una gran casa en el centro de la ciudad. Hasta había calefacción, gas e incluso ascensor. Y un portero, que parecía un almirante, que saludaba respetuosamente a su padre con ese «Don» tan curioso delante del nombre.

Julio dejó la escuela e ingresó en un gran colegio con muchos alumnos y profesores. Ya no era la señorita Margarita quien le enseñaba; ni podría llevarle más, como regalo de cumpleaños, las florecillas que crecían en su pequeño jardín; ni tampoco ver como ella las recogía para colocarlas, coquetamente, en un vaso con agua sobre el marco de la ventana mientras, sonriente, escribía: «Muchas gracias» en la pizarra.

Ahora todo era distinto. Había muchos profesores, serios, austeros, que se reunían en consejo y escribían muchas notas que luego el comité de enseñanza pasaba a su padre y en las que le informaban de tal o cual incidencia a corregir. Notas que siempre terminaban igual: … «esperando que esta nota sirva de información y advertencia le saluda, atentamente, El Consejo».

«El Consejo» —pensaba Julio—, «pero… ¿quién es ese "Consejo"? Nunca he visto yo a ese Consejo… ¡Y mira que lo he buscado!»

Él también tenía derecho a hablar y defenderse del dichoso «Consejo». Pero, ¡ay amigo!, las cosas habían cambiado para Julio, ese niño que es como tú y tanto se parece a ti. ¡Qué distinto aquello de la señorita Margarita y sus florecillas en el vaso con agua sobre la pizarra! Ya no veía Julio desde su ventana el sendero de eucaliptos; ni el mar azul; ni siquiera a su gata Flora, que se había quedado en su antigua casa del Sur.

—No nos la podemos llevar —le dijo su madre—, no podemos llevarnos un gato con nosotros… No podemos.

Ahora, desde su ventana solo veía casas y más casas, edificios y más edificios, todos iguales: altos, oscuros, monótonos. Y muchos coches y mucha gente… Uy, ¡cuánta! Todas desconocidas. No era como antes: Adiós, Julia; adiós, Julito, hijo. Adiós, Andrés; adiós, chaval…

Julia era la estanquera del pueblo, una mujer parlanchina y afectuosa. Andrés era el peluquero, gran aficionado al boxeo y, según decían, campeón del peso-mosca en su juventud. Ya no estaban allí para saludarle, ni tampoco el pesado de Don Matías, el párroco, con su vozarrón de buen navarro y su manaza frotando la cabeza de Julio mientras, en tono solemne, le decía:

—Julio, hijito, ¿cuándo sentarás esta cabeza?

«¿Qué es eso de "sentar" la cabeza?» —reflexionaba Julio—. «¡Bah, cosas de curas! Y es que los mayores están todos un poco…», y se llevaba la mano a la sien girando el índice en un movimiento muy particular.

No, querido niño, ya nada de aquello estaba aquí; esto de ahora es la ciudad, la gran ciudad: coches y más coches; gente y más gente que siempre parece tener prisa para hacer algo que luego nunca hace porque siempre tiene muchísima prisa. Todos serios, callados, distantes… Aquí nadie te conoce, ni te llama, ni va a tu madre a contarle tus travesuras. Esto es la ciudad; aquí se vive de otra manera.

Y así sucedió. Julio fue creciendo y, con él, fueron creciendo también los síntomas de una extraña enfermedad. Al principio la cosa era casi imperceptible; los síntomas, aunque evidentes, eran leves. Julio se quedaba mirando fijamente al cielo. Mientras su madre le hablaba, él no escuchaba, estaba como «ido».

—¡Julio, hijo!, te estoy hablando —le decía entonces su madre. Y Julio seguía mirando absorto al cielo de la ciudad, que siempre era gris, sin color.

Más tarde, dejó de jugar. Ya no corría por las escaleras, ni extendía los brazos que chocaban con las paredes de su nueva casa. Después, dejó de comer, palideció y enfermó, y preocupó a su padre y a su madre.

—Julio, hijo, ¿qué te pasa? —le preguntaban, pero el niño no sabía responder.

Así era, nadie sabía lo que ocurría. Julio lo tenía todo: una casa grande en una calle grande de una ciudad grande. Su padre, a su vez, le había regalado un perro grande, tal vez porque hacía negocios también «a lo grande», porque tenía un coche grande y una oficina grande, donde todos lo saludaban y respetaban «a lo grande». Sin embargo, Julio ni siquiera tenía una salud pequeñita.

Le hicieron muchos regalos. Llovieron los juguetes, los caprichos; incluso un cachorro de «Sara», la perra de Julia, la estanquera, voló desde el pequeño pueblo al Sur hasta la gran ciudad para hacer compañía a Julio, ese pequeño niño que se parece tanto a ti y que incluso tiene tu misma nariz, ¡fíjate! Pero nada, no había mejoría.

—Hay que tomar una determinación —dijo su padre.

—Sí, hay que tomarla —aseguró su madre.

Lo llevaron al médico. A Julio aquel médico no le gustaba ni una pizca: alto, encorbatado, de mirar oblicuo y altanero, con todos aquellos títulos en la pared y esa forma de hablar tan rara que tenía. Se pasó el rato golpeándolo aquí y allá con un martillo de goma, como si fuera un tambor.

«¡Vaya un tío pesado!» pensaba el niño. Terminado el reconocimiento, por fin, el médico habló:

—¡Ejem! Bueno… Este jovenzuelo tiene una anemia enorme: necesita sol, luz, … ¡aire! —exclamó abriendo mucho los brazos.

—¡Ah! —dijo entonces el padre—. Pues lo tendrá. Gracias, doctor, por su ayuda. —Y con un rápido saludo, no sin antes abonar una generosa minuta de honorarios, se despidió del galeno.

Inmediatamente, el padre de Julio cogió un teléfono, que no era grande como todo lo demás que poseía, sino muy pequeño y, tras unas rápidas órdenes, montó al niño que curiosamente tanto se parecía a ti, en un avión y lo envió a una zona turística del trópico donde el sol, la luz y el mar son eternos.

Julio mejoró inmediatamente. ¡Qué alegría!, empezó a comer y a dormir mejor, a jugar. Corría por aquellas playas inmensas de arena blanca, entre palmeras verdes y aguas azules; pero al cabo de unos días su salud, de nuevo, se deterioró. «Será el lugar» —pensaron entonces sus padres—, «no tendrá la suficiente luz, ni sol, ni mar». Rápidamente, el padre cogió de nuevo el teléfono, que no era grande, sino que seguía siendo aún más pequeño y tras nuevas órdenes volvió a montar a Julio en el avión enviándolo a otro paraíso tropical. La misma historia: Julio mejoró, pero solo durante un rato. Vuelta al teléfono (minúsculo), al avión al viaje… Y así hasta que llegaron a una remota isla perdida en el océano donde le aseguraron que el sol era el mejor y la playa la mayor, y el mar el mejor y mayor de cuantos pudiesen existir.

Y así parecía. En su primer día en aquel nuevo paraíso, Julio corrió con los brazos abiertos por el sendero tropical hacia la playa. En el segundo lo hizo ya con menos ilusión; en el tercero, apenas si caminó y en el cuarto decidió sentarse bajo una gruesa palmera y se quedó mirando, triste, el fabuloso paisaje mientras en voz alta musitaba: «¿Qué es lo que tengo…? ¿Qué me pasa?».

—¿Preguntas qué te pasa? ¡Yo te lo diré! —¡Alguien le había contestado!, ¿pero… quién? Julio giró su vista hasta ver un anciano de alta estatura, aspecto noble y pacífico, con largos cabellos blancos, ceñidos por una cinta azul de la cual colgaban algunas perlas. Vestía la túnica de los nativos de aquel lugar, de armoniosos colores claros y, a juzgar por los adornos y su cuidada terminación, debía pertenecer a algún destacado personaje. El niño se quedó mirando el rostro del anciano, surcado de arrugas cuya mirada bondadosa hacía disimular. El largo bastón sobre el que se apoyaba el viejo llamó su atención. Estaba elaborado a partir de un fino tronco de palmera con una filigrana que lo recubría totalmente de surcos y motivos geométricos. El anciano se agachó junto al muchacho y se sentó a la manera de los nativos del lugar, más o menos como se sientan todos los nativos, cruzando las piernas y sentándose. Entonces, le tendió la mano en forma de afectuoso saludo.

—¡Hola!, soy «Tulón-fui», nativo del lugar. Veo que estás triste y aquí, en este paraíso, la tristeza y sobre todo la tristeza de los niños se nota mucho.

Hizo una breve pausa para valorar el grado de aceptación de su interlocutor y como vio que era bienvenido, continuó:

—Dime… ¿Por qué estás triste? —Volvió a hacer una pausa—. Cuéntame tu historia, cuéntamela, anda —insistió—, que a mí me gusta mucho escuchar.

Julio se quedó de piedra. Hacía años que nadie le escuchaba.

Todos decidían, ordenaban y hacían las cosas por él, pero nadie le escuchaba. Esto animó mucho al niño y, resuelto, contó al anciano toda su vida desde los lejanos días de su pueblo del Sur hasta su llegada a aquel remoto lugar. El anciano escuchó en silencio el relato de Julio, asintiendo de vez en cuando con la cabeza mientras dibujaba en la arena algunos signos geométricos con la punta del bastón conforme el relato se desarrollaba. Por fin, Julio acabó su historia.

—Bien —dijo entonces el viejo—, ahora yo te voy a contar otro relato que sucedió aquí en estas islas hace, eso sí, muchos años. Espero que obtengas con él las respuestas a muchas de tus preguntas. —Y sin esperar a recibir la aprobación del muchacho inició su historia:

—Verás —comenzó el viejo—, hace mucho tiempo, habitaba esta tierra un pueblo orgulloso y noble que tenía como rey a un justo anciano que reinaba con el nombre de «Así-se-hace».

»Este rey, que era querido y respetado por todos, tenía una hija, una linda princesa de piel blanca como la espuma marina, ojos azules y líquidos como el cielo y una voz suave y melodiosa que recordaba a las olas cristalinas del mar. La princesa, que se llamaba «Bella-soy», era el orgullo de su padre y la alegría de todo el reino.

»Un día, el gran chambelán «Yo-sí-decido» pidió audiencia al noble rey «Así-se-hace» y una vez en su presencia dijo así:

—Majestad, sois justo y bondadoso, prudente y siempre estáis preocupado por la felicidad de vuestros súbditos. Sin duda sabéis que la Naturaleza, que gobierna por encima de todos nosotros, ha dispuesto que la vejez sea, tras muchos años de feliz reinado, el único premio que recibáis. Con ella, llegará la hora de designar a vuestro sucesor que, según la ley no escrita que rige nuestra tierra, será el digno esposo de vuestra hija «Bella-soy».

»El rey seguía, no sin dificultad, los rebuscados razonamientos del gran chambelán «Yo-sí-decido», muy amigo de hablar según la antigua usanza de los hombres de letras de aquel reino. Tras una breve pausa, acariciándose pensativamente la blanca barba, le replicó:

—Querido «Yo-sí-decido», ejem —tosió para agravarse la voz—, ¿me queréis decir que debo disponer ya el nombre de mi sucesor?

—Precisamente —replicó el gran chambelán, mientras realizaba una complicada ceremonia de saludo según la antigua usanza del lugar, consistente en quiñar un ojo mientras levantaba el pulgar de la mano derecha para, seguidamente, golpear las palmas de las manos, primero entre sí y luego horizontalmente, mientras recitaba las palabras de rigor:

—¡Chócala, tío!

—Creo —afirmó el anciano en este punto, deteniendo por un momento su narración—, que este saludo nuestro ha tenido difusión más allá de estas islas.

—Sí —asintió Julio—, yo también lo creo.

El viejo sonrió repitiendo el saludo con el niño, que se prestó gustoso a demostrarle hasta dónde había llegado aquel antiguo rito de las islas. El anciano, una vez repuesto de la sorpresa, continuó su relato:

—Bueno —prosiguió—, el caso es que el rey «Así-se-hace» tenía que decidir quién de entre todos sus súbditos sería su sucesor y, por tanto, esposo de su preciada perla «Bella-soy».

»El tiempo apremiaba y la decisión no era precisamente fácil. En aquel reino había trescientas noventa mil personas, de las cuales, ciento ochenta mil una eran hombres, y a su vez setenta mil estaban solteros. Y, ¡claro!, escoger uno entre setenta ya es difícil, pero… ¡entre setenta mil!.

El viejo hizo un gesto con la mano derecha como si la sacudiese de algún potingue pegajoso. Julio, entonces, preguntó:

—¿Otro gesto de la antigua tradición de las islas?

—No —cortó rápido el viejo—: ¡me he pillado el dedo con el dichoso bastón!

—¡Ah…! ya —exclamó Julio con aire de complicidad.

—Pues sí —aseguró el anciano siguiendo el hilo del relato—, así estaban las cosas. Viendo la duda que atenazaba a su rey, el gran chambelán intentó ayudarle y le dijo:

—Gran rey, como soberano justo y prudente, podéis nombrar a quien os plazca; el pueblo lo aceptará viniendo de vos y sin duda la elección será la acertada. —Tal era la fama de justo que tenía el rey «Así-se-hace» en aquel reino. Pero el rey, que no era justo, así como así, sino «justo, justo» de verdad, le replicó:

—Noble «Yo-sí-decido», es cierto, puedo nombrar a cualquiera de mis súbditos y este se convertiría en rey; pero ¿y mi pequeña «Bella-soy» —inquirió—. ¿Sería mi elección la más apropiada para ella? —reflexionó unos instantes y continuó luego en tono confidencial—. No, mi buen amigo «Yo-sí-decido», hay que dejar que la naturaleza de los hombres decida quién es el más indicado para sucederme y ser a la vez el más digno esposo de mi hija «Bella-soy».

—¿Y cómo se sabrá lo que la naturaleza quiere? —le replicó el gran chambelán.

—Muy fácil —respondió el rey—. ¿Cómo he llegado yo a ser rey? Mi antecesor puso el trono a disposición de aquel que fuese su más digno sucesor. Muchos jóvenes y valerosos guerreros tuvimos que superar mil y una pruebas hasta que solo quedé yo como vencedor, ¿no lo recuerdas? —El gran chambelán quedó mirando fijamente a su rey mientras su memoria retrocedía muchos años en el tiempo. No respondió.

—Pues así se hará —sentenció el rey—, ahora también yo convocaré a todo aquel que quiera ser mi sucesor y estableceré unas pruebas.

—Pero mi generoso rey —replicó finalmente, tembloroso, el gran chambelán—, aquellas horribles pruebas supusieron una diezma de nuestros más valerosos guerreros; muchos murieron al realizarlas y vos jurasteis que jamás se volverían a realizar. Además —apostilló—, se trataba de escoger a un rey valeroso, pero entonces no había ninguna hija de rey a la que casar, de modo que pudisteis escoger después de la coronación a vuestra esposa entre todas las bellas del reino.

»El rey se quedó pensativo, se tocó la barba y mientras se alejaba del gran chambelán murmuró:

—Ciertamente… Ciertamente… —Y desapareció tras una de las más imponentes puertas de la sala real, vigilada por diez enormes guardias armados únicamente con un palo de palmera a modo de signo de autoridad.

»En las Islas —aclaró el viejo— la ley era respetada con solo mostrar la rama de una palmera. Era el signo de la soberanía de «Así-se-hace», ya que, a falta de ley escrita, solo el sentido común —que como sabes bien, es el menos común de los sentidos—, era allí la Ley.

»El gran chambelán «Yo-sí-decido» se quedó solo pero no apenado. Sabía que el rey, que era justo y bondadoso, no pondría jamás a su pueblo, otra vez, ante las horribles pruebas que él mismo tuvo que soportar… Pero ¿qué tenía el rey en su mente?».

—Eso, ¿qué tenía? —exclamó sin poderse contener Julio.

—¡Ah!, amiguito —sentenció el anciano mientras se levantaba—. Eso tendrá que esperar.

—Pero… ¿por qué? —le reprochó Julio—, ¿por qué no podemos seguir? Es tan interesante…

—Por eso mismo —respondió el anciano, volviéndose un momento mientras se alejaba—. Esto forma parte de las respuestas a tus preguntas. La vida tiene sentido cuando esperas a alguien o a algo. A veces no sabes qué, pero es la esperanza la que nos hace libres. Esta tarde, esa noche; quizás mañana, entre tus ideas había una que te mantendrá despierto. Es ese «qué pasará» que hace a las cosas parecer de otra manera, con más brillo, con más luz. No es bueno —sentenció el viejo—, obtener todo lo que se quiere cuando se quiere; es como el agua a las plantas: demasiada, las pudre, pero la justa las hace crecer fuertes y vigorosas. Igual le ocurre a la inteligencia: necesita desear saber más para crecer. No es bueno estar satisfecho con lo que se sabe, porque siempre se puede saber y crecer, y ser más sabio. Mañana, cuando continuemos, tú serás también más sabio: habrás aprendido a esperar… que no es poco. Y diciendo esto, desapareció más allá del sendero que conducía a la playa donde, magnífico, el sol se ponía sobre las cristalinas aguas de aquel paraíso tropical.

Aquella noche, Julio durmió de otra manera; como hacía tiempo que no le ocurría. Desde que comenzó su extraña enfermedad, el día y la noche habían sido para él la misma cosa, no había diferencia. El día se sucedía monótonamente con la noche y solo el sol o la luna en el horizonte, cuando los podía ver desde su piso grande de la ciudad grande, le indicaban el paso del tiempo. Nada le hacía anhelar el siguiente día.

Ahora, sin embargo, era distinto; se sentía inquieto, tenía ganas de que el tiempo pasara, deseaba volver a verse con el viejo en aquel fabuloso sendero de palmeras junto al mar rabiosamente azul. Y no era solo por conocer, en su totalidad, lo que el buen rey «Así-se-hace» había ideado para elegir digno sucesor y esposo para su linda hija «Bella-soy». No, era también para escuchar al noble anciano, porque había descubierto otra cosa que desconocía: el placer de escuchar a los demás contar cosas interesantes. Hasta ese día todos sus diálogos habían sido siempre prefabricados de antemano. Las cotidianas charlas con sus amigos siempre terminaban queriendo decir la última palabra, por querer llevar la razón a toda cosa sin importar lo que el otro dijera, como un auténtico diálogo de sordos, que no mudos. Ahora era diferente. Escuchaba en silencio, con interés, la historia de aquel reino que había existido hacía muchos años y esperaba conocer el resto. Sentía por primera vez el gusto por escuchar. Julio se detuvo un momento:

—¡Caray! —exclamó—. Acababa de caer en la cuenta de que había hecho dos descubrimientos extraordinarios detrás de dos actos aparentemente penosos. Había advertido que «saber esperar» y «saber escuchar» eran dos actividades interesantes y capaces de dar sentido a muchas cosas de la vida.

—¡Vaya que sí! —musitó para sí, mientras se acostaba en su cama, más ligero que nunca—. ¡Y yo que creía saberlo todo! —exclamó esta vez en voz alta—. Pues sí que…

II

Se levantó rápido al despuntar el nuevo día, como no lo hacía desde que en su lejana casa del Sur esperara ver una tormenta. Comió con apetito como cuando, de un bocado, se zampaba el panecillo con aceite que su Tata le preparaba en la mesa de la cocina, aquella pequeña y ajetreada cocina, de su casita del Sur. Salió corriendo, al igual que entonces, sendero abajo, con los brazos abiertos y la cara al viento cortante de la mañana, que ya peinaba las altas hojas de las palmeras con un ruido secante, sordo y metálico, tan distinto a aquel otro, bronco y arremolinado, de las ramas de sus eucaliptos. Sin embargo, pese a esas diferencias, se sintió por un momento feliz, liviano, aligerado de aquel peso inexplicable que lo había tenido atado al suelo durante los largos e interminables días, en la gran ciudad.

Cuando, agotado por la carrera y sin poder recuperar el aliento, llegó a los pies del gran tronco de palmera, en aquel fabuloso sendero, se sorprendió al ver al noble anciano sentado en la forma que lo hacían los nativos del lugar, o sea doblando las piernas y sentándose sobre ellas. Su figura resaltaba del resto de la sublime vegetación: alto, delgado, el rostro surcado de arrugas que suavizaba su amplia sonrisa, con su pelo recogido por un fijador de tela azul del cual colgaban algunas perlas; y su bastón, inseparable, manejado sobre la arena en distintos dibujos geométricos. Allí estaba, esperándole.

Julio se alegró. Sintió un golpe en su corazón, como cuando su Tata encendía el fogón de la cocina: una bocanada de calor en la cara, pero sobre todo en su corazón. ¡Era extraordinario! Antes, cuando iba a jugar con sus compañeros de pandilla sentía lo mismo; pero era un fuego pequeñito, casi una fogata. Ahora no, ahora era más grande: era el fuego de la amistad que estaba anidando en él; esa amistad sustentada por la palabra dada de volver al día siguiente y la constatación de cumplirla como un pacto, como un sello de amistad.

Así sin más, después de un ligero titubeo, dio un brinco y saludó con el viejo ritual del choque de manos al anciano, para sentarse seguidamente cerca de él y poner la cabeza entre las manos, esperando ansiosamente la continuación del relato. El viejo lo miró complacido, dibujó una enésima figura geométrica en la arena y prosiguió su cuento:

—En el palacio del buen «Así-se-hace» —relató—, había gran revuelo aquella mañana. El rey había reunido a su sabio Consejo en el Salón de los Espejos Reales, que era una gran estancia hecha de filigranas de madera de palmera y recubierta con hojas de flor del paraíso. Porque en este reino, donde el sol era el rey y la luz su fiel esposa, el palacio no necesitaba recias murallas ni altas almenas. Todo era abierto, amable y diáfano como la política del justo rey. Una vez reunido el Consejo, el gran chambelán anunció la presencia del rey con el saludo ritual, que consistía en una complicada reverencia, la mano derecha a la cintura y un gracioso saltito mientras se entrelazaban las piernas y acompañado de las palabras de rigor:

—Señores del Consejo: ¡el Manda-más!

Todos asintieron con la cabeza la llegada del rey y, este, visiblemente complacido, hizo un gesto de correspondencia para evitar que, de nuevo, el gran chambelán repitiese la vieja fórmula de saludo, pues el rey, que era además de bueno y justo, bastante razonable, no llegaba a entender muy bien por qué se perdía tanto tiempo en esas absurdas ceremonias de protocolo. Él ya sabía que contaba con la estima de su pueblo; no necesitaba de ninguna manifestación formal que se lo confirmara y, si en algún momento dejaba de gozar de esa estima, esa absurda ceremonia formal le impediría darse cuenta. El protocolo, que era como se le llamaba a toda aquella pantomima —explicaba el anciano fabulista—, es algo tan absurdo como inútil. Por otra parte, al buen rey le costaba renunciar a él. «¿Qué iban a hacer entonces todos sus consejeros —se preguntaba—, si no tenían en qué entretenerse; si les quitaba el placer de pensar cada día en un nuevo acto de protocolo?» Por eso, como el rey que, además de bueno, justo y razonable, era bondadoso, permitía que el protocolo siguiera funcionando.

El viejo, entonces, hizo una pausa para concluir

—Es difícil suprimir muchas cosas inútiles, porque nos son cotidianas. Solo los muy independientes son capaces de hacerlo. Por eso el rey, ante todo, justificaba su tolerancia diciendo que, si algo puede ser bueno para alguien y no es malo para nadie, no hay que suprimirlo… aunque sea inútil. En esto se basa la persistencia de muchas tradiciones, pero… ¡sigamos nuestro cuento! —concluyó, molesto sin duda por la senda que habían tomado sus últimos pensamientos.

—Allí estaban todos ellos, sentados como lo hacen los nativos…

—¡Eso! —interrumpió Julio, vivaz cruzando las piernas y sentándose. El viejo miró al niño sorprendido, hizo un gesto grave, reflexionó por un momento y tras un «ejem» de rigor asintió:

—Eso, sí… así como tú dices. —Luego dibujó una enésima figura en la arena y prosiguió:

—Frente al rey estaba el honorable «Yo-siempre-sigo», que era el más antiguo del Consejo. Ni él mismo se acordaba ya de cuánto tiempo llevaba aconsejando a los reyes que antes de «Así-se-hace» habían reinado en aquel país. Su palabra era siempre la acertada; moderado, ponderado y algo reservado, era capaz de organizar un discurso con una sola palabra. Famosa era la frase «Ahí hay una niña que dice ¡ay!». «Suena lo mismo… ¡pero no es igual!», solía decir para demostrar que las cosas que parecen iguales no solo no lo son cuando se miran más de cerca, sino que además pueden esconder significados muy distintos. La confusión del lugar de las cosas, con las cosas mismas y sus sentimientos, es solo el signo de lo cuidadosos que hay que ser con el lenguaje y su significado. Por todo esto, el buen rey lo tenía en gran estima como consejero sabio y capaz. Junto a él estaba el batallador «A-mí-sí-me-siguen», auténtico líder de las masas trabajadoras del país, buscando siempre un motivo social a todo cuanto se decidía.

—Buen rey —sugirió este último—, ¿estamos aquí por motivos puramente festivos o queremos darle contenido social a este acto? Quiero decir, buen rey, si estamos aquí para pasar el rato o, por el contrario, para obtener algún beneficio para nuestro pueblo, porque…

—Un momento, un momento —cortó el rey en tono condescendiente—, puedo asegurarte que hoy se va a decidir aquí algo importante —le tranquilizó—. No se tratará de una pérdida de tiempo, lo que hoy aquí se decida. Ni para ti, ni para ningún súbdito.

El líder «A-mí-sí-me-siguen» pareció quedar contento con la promesa de su rey que, además de bueno y bondadoso, era justo y siempre cumplía lo que prometía si lo prometido era, a su vez, bueno; procurando hacerse el olvidadizo cuando lo que prometía no lo era tanto. A esto también se le llama «cumplir las promesas», porque ante todo existe la promesa de ser consecuente consigo miso. En esto se distinguen los grandes reyes… y las personas de bien.

Más allá estaba el consejero de la oposición «No-estoy-de-acuerdo», que junto con «Me-opongo», del sector más radical, constituían la minoría de aquel Consejo. Pronto se mostraron molestos por la reunión e intentaron convencer al rey de la necesidad de crear una comisión previa que, a su vez, nombrara una comisión preparatoria de la comisión ejecutiva; pero el buen rey, después de escuchar sus razonamientos, les confió:

—No, mis queridos consejeros; no vamos a decidir aquí ningún artículo de ley sino el futuro de nuestro reino y —modificó el tono de su voz hasta hacerlo suplicante—, no necesito vuestra oposición sino vuestro consejo.

Todos se quedaron algo cortados, se miraron entre sí y luego asintieron con un: «Buuueno, si solo se trata de ayudar…».

Por último, el rey dirigió una mirada de aprobación al sumo sacerdote que representaba el eterno espíritu del reino. «Así-se-hace» le tenía cierto respeto porque, según él, podía ver más allá de las cosas, aunque sus razonamientos no eran lo que podríamos decir lógicos, sino más bien emocionales, distanciándose a menudo de lo que los demás opinaban. En su conjunto, el Gran Consejo era una reunión de gente buena y eficaz; todos comprometidos con la causa del bien del pueblo, pero cada uno utilizando las ideas a su manera. Escuchando a todos ellos sacaba el buen rey sus mejores decisiones.

Sin embargo, en aquel día no se trataba de pedir consejo sino, más bien, de exponer una decisión largamente meditada. Así, una vez se hubo sentado el rey «Así-se-hace» a la manera tradicional, o sea, doblando las rodillas, habló así:

—Estimado Consejo, la ley natural, sabia y prudente me lleva de la mano hacia una vejez que, aun no siendo deseada, acepto de buen grado. Cuando era joven, fuerte y vigoroso, bebía en la fuente del amor y del poder. Mis manos dirigían el timón de mi vida con indómita determinación, midiendo mi voluntad con el rugir de las olas de este bravío océano que nos contempla y, con la fuerza de los vientos del norte, eternos guardianes de las tormentas. Nunca creí aceptar, resignado, el paso de los años y sucumbir a su poder de erosión. ¡Quién sueña con la vejez en la flor de la vida!

El rey medía teatralmente sus palabras. Con el poder que da la oratoria, dejaba que cada sílaba llevase su acento en el justo término; que los intervalos de tiempo entre las frases fuesen largos, densos, y acompañados de pausados giros de sus manos, queriendo abarcar con ellas las palabras que, con voz segura, salían de su boca.

»La tarde, melodiosa y sutil, languidecía casi desvaneciéndose tras las altas palmeras del palacio, matizando su luz rosa y añil entre el perfume de las dalias y los nelumbos. El Consejo permanecía mudo, embriagado por el poder de la palabra de aquel rey sabio, bueno y ahora tan humilde, tan humano, tan cercano al dolor de ver perdida su juventud por el paso inexorable del tiempo. «No perdáis el tiempo… Es la sustancia de la que está hecha la vida», esa era la frase que el rey «Así-se-hace» había mandado esculpir sobre la cabecera de su trono el día de su coronación.

—Esta frase tiene su historia —dijo con recobrada memoria el noble viejo, como haciendo un alto en el relato a modo de descanso. Miró la cara del joven para valorar si estaba interesado en escucharla y como no observó por parte del atento niño ningún gesto en contra de su proposición, prosiguió:

—La frase esculpida por el rey y que hoy aún preside el salón del trono, la había pronunciado una joven periodista que, un día, de modo casual, llegó a aquellas islas buscando un lugar para escribir en paz y tranquilidad un relato sobre la guerra que un siglo atrás sacudió a su gran nación. El futuro rey, que aún era un joven «No-iniciado» y, por lo tanto, vivía sujeto a la potestad de sus mayores, encontró en aquella inesperada visita (era raro que alguien se acordase de aquellas islas) un motivo de alegría y curiosidad; y a la vez, por qué no decirlo, de amor infantil. Sí, —afirmó emocionado «Tuñón-fui»—, el futuro rey se enamoró perdidamente de aquella joven y delicada periodista que venía del gran país del norte.

—Día tras día —proseguía en su relato—, se acercaba con alguna excusa a la cabaña que ocupaba como huésped la muchacha, para pasar las horas escuchando los fantásticos relatos que la joven le contaba. Supo así el joven «No-iniciado» de los indómitos habitantes de aquel gran y lejano país, nativos como él, libres y fuertes guerreros tenaces; de la caza del gran animal que llamaban búfalo; de cómo la llegada de otros pueblos del este lejano provocó el hambre y la muerte y de lo que después sucedió tras la llegada del rostro pálido. El hombre blanco, poderoso y cruel, con sus ansias de conquista; sus luchas por dominar todo el territorio con sus máquinas de guerra: varas de metal y madera que vomitaban fuego una y otra vez con solo apretar una palanca y que conocían con el nombre de «rifles». Cómo la ambición se adueñó de ellos iniciándose después una guerra entre el norte y el sur: ¡el eterno Norte, el eterno Sur!

El joven «No-iniciado» se estremecía escuchando aquellos relatos tan magistralmente descritos por la gentil y delicada periodista. Relatos de muerte y de una horrible práctica: la esclavitud. Algo incomprensible para él, «¿Cómo podía el hombre subyugar al semejante? ¿Qué argumentos puede un hombre esgrimir para amenazar a otro y convertirlo en objeto?» se preguntaba.

El joven guardó en su corazón semillas de ideas que fueron luego grandes frutos de su reinado porque —añadió el viejo relatador de cuentos—, las ideas, las buenas ideas, si tienen la suerte de caer en la tierra fértil y abonada de la mente de un joven, darán los mejores frutos… A eso se le llama educación. Porque aprender, enseñar, educar, no debe ser algo forzado y ni siquiera debe verse como una imposición. Debe ser como lo era para el joven «No-iniciado» que luego eligió ser rey: una curiosidad sin límites, con la mente siempre abierta a las buenas enseñanzas. Él llevó después, hasta el pilar más interno de su conocimiento, que el odio, ese odio que la joven periodista le había relatado, no puede ser nunca presagio de nada bueno. Mientras que la tolerancia y el respeto a la libertad del más pequeñito de los seres vivientes, hombres y animales, es la piedra angular de la vida.

El día avanzaba lentamente, transportado por la fragancia de las flores acuáticas y el ruido acompasado de las palmeras del sendero, al pie de la exuberante playa azul turquesa. Pájaros sublimes de difusas alas apenas movidas por su misma inercia, de vez en cuando, sorprendidos, alzaban su vuelo majestuoso y lento dando al paisaje tientes fotográficos. En este paisaje el cuento seguía su curso:

—Un buen día el joven «No-iniciado» conoció también, por primera vez, pero no por última, el dolor de la separación. Ese desamor que se siente cuando algo que has llegado a querer y sentir como parte de tu vida se separa de ti por la misma ley que un día lo unió: el azar. Porque el azar, la casualidad, es algo muy importante; es ese condimento leve, esa especia, ese grano ínfimo que, como la levadura, da forma y sabor a la vida. Y fue ese viento llamado azar, el mismo que un buen día hizo que un blanco velero llevara a la periodista hasta la apartada playa de aquellas paradisíacas islas del sur, el que hacía ahora hinchar las velas del barco del adiós. La gentil periodista se marchaba. En el puente del navío, vestida con su largo traje blanco, apenas pudo contener la emoción mientras agitando el brazo se despedía de su amigo el joven «No-iniciado». Este, anclado en la orilla, sufría aquel desarraigo como lo que era: un chiquillo con el amor puro del adolescente, hecho solo de fe. La periodista, cuando ya el velero se aprestaba a doblar la bahía, acertó a gritar:

—¡Ya sé cómo lo llamaré!

—¿A qué llamarás? —le contestó entre sollozos contenidos el muchacho corriendo por la orilla.

—Lo llamaré… ¡esto mismo que ves!

El joven quedó preso de sus sentimientos, pensativo. Las azules aguas apenas eran movidas por un vaivén eterno como si un dios menor, perezoso e indolente, entretuviese su tiempo agitando el estanque del mundo con una sutil pluma de «Ave del paraíso» que, apenas rozada el agua, quebrase su frágil unidad en mil líneas que rayan la superficie marina casi sin herirla.

Desde aquel instante, el joven conservó en su retina aquella fabulosa imagen como un cuadro que sigue a su autor, incapaz de separarse de él: el azul del mar violento sobre el blanco del barco y el verde rabioso de las palmeras-bañistas de la playa. Y, sobre todo, el eco de las últimas palabras de adiós de la joven periodista desde la cubierta del velero cuando su figura menuda apenas era visible y se veía, cada vez más, sustituida por la imagen del recuerdo.

«No malgastes el tiempo… es la sustancia de la que está hecha la vida…».

»Años después cuando el joven «No-iniciado» era ya todo un rey, se acercó a aquellas islas un yate de recreo. En él venía un personaje extraordinario de grandes ademanes. Socarrón y hablador, gran conversador, extrovertido y feriante, con un fondo de tristeza detrás de su enrome cara de niño grande. Insistió inmediatamente en ver al rey «Así-se-hace» presentándose como productor de cine. Habló de un fantástico libro que había leído y del cual había comprado los derechos para hacer una película. Según aclaró al rey, que no había nunca visto nada que se pareciese al cine, era como un cuento visual para ver y oír cuantas veces se quisiera. Intrigado por la reacción que el buen rey pudiera tener ante tan extraordinario hecho, el magnate invitó al monarca y a su séquito al yate, un fabuloso barco de recreo lujosamente aparejado y, una vez allí, le proyectó la película en cuestión. El buen «Así-se-hace» se estremeció viendo retratados todos los horrores que la frágil periodista le narraba años antes, cuando aún era un «No-iniciado». Tuvo un vuelco su corazón cuando en la entrada de aquella enorme mansión de cine, que se llamaba Los Doce Robles, destacaba escrita una frase que ya había oído antes y volvía ahora a grabarse en su corazón: «No malgastes el tiempo, es la sustancia de la que está hecha la vida».

»Febrilmente, interrogó al jocoso productor sobre el libro original y, sobre todo, por su autor. El magnate sonreía complacido antes lo que creía un efecto de la novedad en un ser primitivo. ¡Qué lejos de adivinar la verdadera intención del rey! Por último, ante la insistencia del monarca, le desveló que no era casual su llegada a aquella remota región porque entre las cláusulas del contrato de compra de los derechos del guion cinematográfico, existía una, extraña para él, que precisamente era la de hacer llegar al rey de aquellas islas el libro dedicado por la autora y de proyectar la película resultado del esfuerzo de su producción. Así, acto seguido, le entregó un libro perfectamente encuadernado… ¡Y allí estaba, sonriente, la fotografía de la joven periodista! Al pie de la foto unas letras a mano con escritura elegante, armoniosa, hecha con tinta intensamente azul como el cielo que los despedía. La dedicatoria, escueta, decía cariñosamente:

«Ya sé cómo lo llamaré: *Lo que el viento se llevó*. Gracias por poder tener tu recuerdo. Margaret Mitchell».

—Y esta es la historia —concluyó el anciano, dando una sonora palmada que hizo que el niño se sobresaltase. Julio miró con sus enormes ojos al viejo y este, haciendo una graciosa mueca, comprendió que era el momento propicio para el epílogo de su historia:

—La frase —prosiguió— está todavía sobre la cabecera del trono. El libro, en cambio, estuvo siempre en la cabecera de la cama del monarca. En él se condensaban dos principios que el joven «No-iniciado» había aprendido: la dicha del amor puro y el dolor de la separación… Algo de lo que, precisamente —apostilló—, está hecha toda la vida…

El viejo dejó vagar las últimas palabras sobre la brisa que al mediodía caía sobre la playa. El niño que tanto se parecía a ti y que tenía, fíjate, tus mismos ojos, advirtió una lágrima en los del anciano. Una lágrima que corrió furtiva por su mejilla regando de modo ínfimo el suelo de la fabulosa playa. Luego, pensativa, la mirada del anciano se fue apagando hasta llegar de nuevo a la tierra.

—Bueno —dijo apenas se hubo repuesto de sus recuerdos—, he creído necesario contarte esto. Quizás solo sea una bonita anécdota, pero creo que nos puede acercar a la idea de que los gobernantes, aun los más seguros, fuertes y valientes como lo era el buen «Así-se-hace», tienen también un corazón grande y son por lo tanto sensibles a las más dulces y crueles heridas, que son aquellas que el AMOR, con mayúsculas, provoca; en eso sí que todos los hombres somos iguales. Es la ley de la naturaleza, la misma que había llevado al viejo rey ante el consejo.

—¿Y qué pasó con ese Consejo? ¿Para qué lo reunió el rey? —preguntó el niño, deseoso de apartar al anciano del estado melancólico en que lo había sumido el relato de la bella periodista y el voluntarioso joven «No-iniciado».

—Bueno, cierto... —replicó el anciano narrador— el rey se hallaba reunido con el sabio Consejo y, tras las palabras de introducción que había pronunciado después de mirar el cartel que presidía el salón del trono, elevó la mirada sobre sus consejeros y sentenció:

—He decidido abdicar.

Un «Oh, ¡no puede ser!» se elevó al unísono del Consejo, para seguidamente, como si de un cohete de feria se tratase, el ¡oh! unánime rompiera en mil pequeños requiebros.

—Pero, majestad —decía uno—, si sois la luz del reino, ¿cómo podéis dejar a oscuras el porvenir de vuestros súbditos?

—¿A quién nos opondremos nosotros ahora? —decían los de la oposición.

—¡No es bueno desairar a la providencia que fue quien os designó! —dijo el sacerdote con gesto solemne.

El buen rey «Así-se-hace», que conocía de antemano la reacción de su Consejo, esperó con gesto de paciencia y cierto agrado las alabanzas que recibía; al fin y al cabo, aquellos consejeros los había nombrado él y, por lo menos, en algo no se había equivocado: todos eran unos alabadores de altura. Y no le pareció mal el gesto de intentar alargarlo, pues para eso se es también rey, para poder sentirse alagado, que no es malo el recibir honores, si se tienen los pies en el suelo y se saben aceptar por lo que valen: bellas palabras que el viento se lleva. Pero como las alabanzas y los parabienes prosiguieron, el rey, llegado un punto, levantó su dedo pulgar, lo unió al índice dejando un orificio elíptico entre ambos y, hecho esto, se lo acercó con rapidez a la boca expulsando de golpe el aire de sus pulmones; lo cual, como por arte de magia, produjo dos fenómenos.

—¿Cuáles? —preguntó sorprendido el niño.

—El primero —le contestó el viejo fabulista—, fue un ruido vibrante e inconfundible como el de un volcán en erupción. El segundo un silencio de muerte en todos los asistentes: ¡Es el sonido real!, gritaron al unísono. Era el sibilante sonido del rey, el que, en los días de las terribles pruebas, había dado al aspirante el sobrenombre de «Así-se-hace».

La mirada del niño que se parece tanto a ti se había quedado fija en el anciano. Era tal la habilidad del fabulista para contar cuentos que el relato, como una flor, se abría ante los ojos del joven, mostrando, uno a uno, sus más bellos colores: aquellos de la imaginación que son ilimitados como ella misma. Ahora, el anciano había abierto una nueva puerta a su narración. El niño intuía que un nuevo y fabuloso cuento estaba por comenzar y, casi con una complicidad previamente pactada, se arremolinó en la caliente arena del sendero para ponerse más cómodo a esperar los nuevos acontecimientos. Por un momento, le pasó por la mente la posibilidad de que el venerable anciano diera por concluida su jornada narrativa dejándolo ayuno de nuevas aventuras hasta el día siguiente. Hubo entonces un cruce fugaz de miradas para interrogarse, de modo tácito, como solo lo pueden hacer aquellos que están en el mismo secreto. Respiró tranquilo cuando el viejo, tras una breve pausa y adivinando los deseos de su joven amigo, prosiguió su relato no sin antes cambiar el tono de su voz para dar al nuevo la importancia que sin duda tenía.

—Eran tiempos oscuros —indicó con voz teatral, mientras movía sus largas y huesudas manos en aquel universo de luz y plantas salvajes que tapizaban, con diáfana languidez, el suelo del sendero—. Tiempos terribles —prosiguió— cuando a la muerte del viejo monarca «Ya-me-voy», famoso por sus desplantes ante el enemigo, el reino de las Islas del Sur buscaba afanosamente un nuevo líder, joven fuerte y decidido, para sustituir al escurridizo y pusilánime «Ya-me-voy», que, por fin, se había ido para siempre. Se organizaron sucesivas pruebas hasta que los pocos y valerosos guerreros que quedaban fueron convocados para la prueba de la carrera «Corre y corre, salta y salta» (especie de tremenda peripecia a través de todas las islas que tenía como única regla correr siempre en línea recta, desde donde el sol sale hasta donde se pone, en un solo día; siendo vencedor el que más lejos llegara).

»Aquella mañana, ante un pueblo emocionado y vibrante, los jóvenes aspirantes se dispusieron a emprender la salida, atentos a la señal, al borde de la orilla de la isla más oriental del archipiélago. El espectáculo sobrecogía por su belleza ritual: todos estaban allí atentos a que el rostro del sol, dorado por a luz del amanecer, apareciera en el horizonte. Era impresionante. En medio de un silencio vital se podía escuchar el rápido latido de aquellos valerosos jóvenes dispuestos a la carrera. El color de la piel se les tornaba, ahora aceitunado por los efectos del mar sobre sus cuerpos, ahora dorado por los rayos del naciente sol. Poco a poco, como si del escenario de un teatro se tratara, la luz de la mañana fue silueteando sus contornos, vivos y vibrantes, como caballos prestos hacia la victoria. Súbitamente los cabellos del sol ondularon en el horizonte. Entonces a una señal cayó el bastón del juez de la carrera sobre la arena aún tibia por la brisa nocturna.

—¡La señal ha caído! —gritó la multitud. Como una exhalación, los cuerpos de los jóvenes guerreros se estiraron, unánimes, en un hercúleo impulso levantando la arena y el polvo de la orilla mezclado con la escarcha salina de las olas. La prueba comprendía una serie de recorridos, siempre en línea recta con el sol a la espalda como único adversario, hasta llegar a la isla más occidental justo antes de que el astro rey recostara sus cansados rayos de la tarde más allá del horizonte de la constelación de Tritón, la más occidental del cielo de aquellas islas. Ante ellos, multitud de pequeñas islas surcadas por profundos barrancos y coronadas por altas y riscadas montañas, con el interludio del mar como contrapunto. Era una sucesión de sube-baja-nada, sube-baja-nada... Hasta llegar a la meta.

»Nuestro joven guerrero, el futuro rey «Así-se-hace», estuvo pronto en cabeza de la competición. Corría y corría campo a través, insensible al dolor de las múltiples heridas que plantas de afiladas hoja y piedras de inmisericorde canto le provocaban, pues —filosofó el viejo con tono decidido mirando al joven frontalmente— cuando algo anhelas, no hay dolor que pueda medirse al deseo de conseguir lo que deseas. Recuerda que el dolor solo es insoportable si pierdes el motivo por el cual merece la pena sufrirlo y que el entusiasmo es el mayor de los calmantes contra la adversidad. Pues bien —prosiguió tras una breve y meditada pausa—, corría y corría nuestro bravo guerrero cuando, llevando un buen trecho de ventaja comenzó la ascensión de la montaña «¡Hala-qué-alta!», la cima más elevada del archipiélago. Los demás contrincantes, a pesar de la norma que obligaba a ir siempre en línea recta, evitaron su escalada y optaron por el rodeo, que sin duda era más largo, pero también menos cansado. Como todo en la vida —filosofó el anciano—, el camino más difícil es, a menudo, el que mejor nos lleva a la meta, pero muchas veces optamos por aquellos que aun más largos, son también más cómodos y nos producen menos pesar. No era este pensar el de nuestro joven, el futuro rey «Así-se-hace». Fiel al contrato aceptado, seguía línea recta sobre línea recta, aunque delante de él se levantase el mismísimo infierno en forma de montaña —el anciano hizo una nueva pausa—. El caso es que, llegando a la cima se detuvo un momento para recoger aliento y observó, con horror, un terrible espectáculo.

Los ojos del niño que tanto se parece a ti, que hasta tiene tus mismos zapatos, se abrieron de par en par.

—¿Qué vio? —exclamó, temiendo que el viejo interrumpiera aquí, como hizo el día anterior, su relato. El anciano fabulista lo miró complacido y le replicó:

—Sé lo que estás pensando —dijo— que ahora vaya a cortar la narración y te diga hasta mañana. Pero… no temas —sonrió—, no se debe hacer esperar a un amigo—.Y, mientras acomodaba un pie en la palmera que había escogido como apoyo, concluyó—. Enseguida sabrás lo que vio el joven guerrero, pero —bostezó—, permíteme un momento de descanso.

—Y, diciendo esto, se tumbó plácidamente al sol de la mañana para quedarse al poco tiempo profundamente dormido. El niño se quedó perplejo:

—Pero ¿cómo? —protestó—. ¿Interrumpe el relato en lo más interesante y se duerme?

Así era. El buen viejo, sin duda por el peso de su edad venerable, se había puesto a dormitar en aquel fabuloso escenario natural y, Julio, nuestro niño, el que se parece a ti tanto, sin saber qué hacer, tras un momento de indecisión optó por hacer lo más razonable: se tumbó también y, al poco, se quedó también él dormido.

III

Pronto despertó y vio que no estaba el viejo ni tampoco el sendero. Solo había una enorme montaña al fondo. ¿Qué había pasado? Lleno de curiosidad, nuestro niño emprendió el camino del ausente sendero para adentrarse en la espesura del bosque.

Tras un rato de marcha, a buen andar, y ya algo preocupado por aquella rápida transformación de lo que él creía conocer bien y ahora se le presentaba como un paisaje absolutamente desconocido, adivinó un estrecho pasadizo que claramente marcaba el límite de un territorio: hasta llegar a él la selva se mostraba espesa, indefinida, caótica y salvaje. A partir de allí, sin embargo, se adivinaba un espacio abierto con cierta armonía de formas y donde, en primer término, se apreciaba un cruce de varios caminos. Arrastrado por la curiosidad, nuestro niño cruzó el pasadizo. Apenas lo hubo hecho, el suelo cedió con estruendo sobrecogedor. Entonces comprendió que el pasadizo era solo un débil puente de lianas y madera que se hundía a su paso, tal vez por la carcoma o por la mala calidad de su construcción. Tuvo el tiempo justo de saltar hacia delante mientras un abismo se abría a sus pies. El niño sudaba como lo haces tú al enfrentarte en la pizarra a una pregunta difícil de matemáticas. Se encontraba angustiado, pero a salvo. Miró hacia el lugar donde, momentos antes, se encontraba el pasadizo y únicamente vio los restos del puente de lianas, que, muy abajo, aún rebotaba en las paredes del abismo. De un impulso, como si el miedo le hubiese dado alas, voló unos metros hacia tierra firme hasta llegar justo al nudo de caminos que antes divisaba. Los contó. Eran exactamente siete, todos iguales y todos serpenteaban hasta perderse de vista en algún rincón del horizonte.

—¡Ajá! No sabes cuál tomar, ¿eh?... Bien, yo de ti me lo pensaría…

Nuestro muchacho se volvió de inmediato a ver quién era el que de modo inopinado le hablaba. Miró aquí y allá, pero nada veía…

—¡Ajá! —volvió a oír—.Yo de ti me lo pensaría… Antes de andar, has de mirar; antes de ver, has de leer; antes de ir, has de sentir. No digas adiós sin oír mi voz; ¡allá tú si no quieres ver más la luz!

—Pero ¿qué…?

Solo eso pudo decir nuestro amigo. Al volverse de nuevo hacia donde parecía salir la voz vio un poste de señales, de esos que muchas veces indican los caminos rurales, con los nombres de los pueblos más cercanos. El niño, lentamente, se acercó y lo tocó para cerciorarse que solo era solo un palo de madera.

—¡Ajá!...Me haces cosquillas. ¡Deja de rascarme la nariz…, niño! ¡Déjame de una vez!

—Oye… ¡Tú hablas…!

—No, en realidad no hablo —matizó el poste de señales—, solo que tú escuchas mis pensamientos, pequeño; porque —añadió socarrón— los postes de señales no saben hablar… ¿O no lo sabes?

—Pero, entonces… ¿Cómo es que yo te escucho? —preguntó tímidamente el muchacho igual que lo haces tú cuando le preguntas al cartero si hay cartas en el buzón o a tu madre si habrá poste.

—Mira a tu alrededor —le replicó el poste de señales con tono de suficiencia—. ¿Sabes dónde estás? —le inquirió con tonillo de «yo lo sé y tú no». El niño, desconcertado, miró a su alrededor y, encogiéndose de hombros, lo negó con un movimiento de cabeza.

—Ya me lo suponía… —replicó, despectivo, el poste de señales—. Siempre pasa igual; no solo soy un poste indicador, sino un guía turístico de cuantos vienen a este país en busca de aventuras. —Luego carraspeó un poco y con aire de suficiencia y tono ceremonioso prosiguió:

—Bueno, muchacho, bienvenido al País de las Cosas.

—¿Al País de las Cosas? —preguntó sorprendido.

—Eso he dicho —le respondió bronco el poste de señales—, ¿es que acaso no me expreso con claridad? Bueno o, mejor dicho —rectificó a sabiendas—, ¿es que no has adivinado mi pensamiento con claridad, niño?

—Perdón —se apresuró a decir el joven—, no quisiera repetir mi pregunta, pero ¿qué es eso del País de las Cosas? Es que… ¿Hay otros países aquí…? —concluyó algo desolado por no entender nada de nada y verse allí solo, entablando conversación con… un poste indicador.

—Muchacho —le respondió con signos de impaciencia el poste—, ¡claro que hay otros países! ¿Tú de cuál vienes?… ¡Ah! —exclamó complacido—; déjame adivinar. Tú vienes del País de las Personas, ¡claro! Por eso te extraña que un poste pueda dirigirte la palabra. Eso en tu País de las Personas no pasa…

—Hizo una breve pausa y de modo pedante concluyó—. Allí no estáis en nuestra onda.

Julio se quedó pensativo sin saber qué responderle. «Pero ¿cómo podía un poste de madera ser tan arrogante?»

—No asustes al muchacho —dijo entonces una voz con tono tranquilizador.

Nuestro niño se volvió tratando de adivinar quién le hablaba; entonces la suave vocecilla prosiguió:

—No le hagas caso, niño. Este poste tiene un genio de mil demonios porque, como todo el mundo le anda preguntando siempre lo mismo: ¿por dónde se va a …? Entonces, claro, él siempre responde lo mismo: se va por…; y eso tiene que ser cansado y monótono, incluso para un poste de señales.

La suave vocecilla hizo una breve pausa mientras el muchacho se acercaba al borde del camino que era de donde, al parecer, procedía la voz.

—¡Bienvenido a la tierra de las cosas muchacho! —prosiguió jocosa la vocecilla—. Aquí lo pasarás muy bien. Podrás hablar con todas las cosas que veas; a decir verdad, con casi todas —rectificó—, porque algunas son duras de oído y otras… bueno —concluyó resuelta—, mejor no hablar con ellas. ¡Son tan aburridas!

La vocecilla se había vuelto más dura y cortante, casi ofendida, mientras hablaba. Julio se le acercó. Quería cerciorarse de que lo que hablaba estaba detrás justo de unos arbustos, aunque no se atreviera aún a apartarlos por miedo a encontrarse con algo poco agradable.

—A ver si no, qué le puedes decir a una piedra —proseguía entre tanto su discurso la vocecilla, indignada—, si a esas no se les ocurre nunca nada. ¡Tienen la cabeza tan dura! Ya sabes el dicho: menos da una piedra. ¡Pues claro que sí!

Por fin, Julio apartó los matorrales para ver asombrado que la que así hablaba era una graciosa zapatilla de *ballet* que alguien había dejado olvidada (no quiso ni por un momento pensar que fuese abandonada) al borde del camino.

—¡Hola!, me llamo Zapatilla —le dijo pizpireta—. Estoy aquí esperando a mi hermana, que dijo que vendría… pero no la veo, ¿quieres ayudarme a buscarla?

—¡Fresca! —le gritaron algunas piedras del camino—. Te vas con el primero que pasa, ¡fresca!

—¿Ves? —respondió resuelta la graciosa zapatilla—, ya te lo decía yo, de las piedras solo puedes esperar… ¡pedradas! —Después, cambiando el tono, concluyó—. *Ciao*, envidiosillas… ¡anda, vámonos ya!

El niño recogió la zapatilla y se quedó pensativo sin saber a dónde ir. Miró al poste indicador, pero este no le contestó. ¿Hacia dónde dirigirse? Los caminos serpentean por la llanura para, a vista de pájaro, perderse en el horizonte.

—Mira —le dijo la zapatilla—, cualquier camino es bueno; eres tú el que lo haces y de ti depende que llegue a ser el mejor. Hazme caso que yo sé mucho de eso, de hacer camino. ¡Anda, vámonos que nos vamos!

Y así, espoleado por una compañera de viaje tan alegre y parlanchina, Julio apenas tuvo el tiempo de escuchar al poste de señales que, con su ¡ajá! característico, respondió al saludo.

Al borde del camino, inmóviles, las piedras continuaban su griterío:

—Fresca más que fresca… Con el primero que pasa, ¡fresca!

De este modo, Julio estaba ahora en camino hacia no se sabe qué sitio desde no se sabe qué lugar.

«Bueno —pensó— esto es como una fiesta de cumpleaños: toda una sorpresa. Esperemos que sea agradable».

Y así caminó un trecho hasta que su amiga y compañera de viaje, la graciosa zapatilla, le avisó sobresaltada:

—¡Mira allí!... ¡Para, para!

—¿Qué pasa? —inquirió sobresaltado el muchacho a su vez—. ¡Allí!, mi hermana. ¡Allí abajo!...Vamos por ella.

En efecto, al borde de la carretera se encontraba otra zapatilla similar a la que llevaba Julio en la mano. Sin pensárselo dos veces, el niño se acercó a ella y justo cuando iba a recogerla un vozarrón lo detuvo:

—¡Eh, tú! No toques esa zapatilla o te las verás conmigo y tendremos bronca.

—Pero ¿qué? —exclamó el niño adivinando la silueta de un zapato militar, viejo y maltratado por el uso, que yacía sobre el asfalto.

—Lo siento, no sabía que... Pero, ¿qué hago? —se preguntó el muchacho—. ¡Estoy pidiendo disculpas a un zapato!

—¡Exacto! Es lo que tienes que hacer niño, pedir disculpas. ¿Te crees —bufó la bota militar— que las cosas se pueden tratar así como así?, ¿qué solo servimos para usar y tirar? —protestó—, ¿qué no tenemos nuestro pequeño corazón?

—¿Corazón?, ¿qué clase de corazón puede tener un zapato? —inquirió, sarcástico, el joven.

—Evidentemente un corazón especial de cuero y goma —le replicó el botín militar—, igual que lo tiene la zapatilla que me quita el sueño y por la que bebo yo ahora el polvo del camino; un corazón que siente —endureció la voz— y que no te va a permitir que rompas sus sueños como a diario hacéis con todas las cosas allí, en el País de donde tú vienes.

—¿Que yo maltrato qué y a quién? —protestó el niño—, ¿cuándo he hecho yo daño a… a… —titubeó un momento— a un zapato? —mentía.

Pero entonces empezó Julio a caer en la cuenta. Era cierto; cuántos zapatos había destrozado por gusto, contra la pared o el suelo, mientras jugaba o corría. ¡Qué poca atención había puesto a su limpieza a su cuidado! Cuántas veces su madre le reprendía: «Julio, hijo, limpia los zapatos, ordena tus zapatos…».

—¡Eso! —gritó con voz militar el botín—. Eso —entonó más suavemente después—, los zapatos: las botas, las zapatillas, los calcetines, las maletas, las sillas, las mesas…

—¡Y los libros! —¡Eh!, ¿de quién era aquella vocecilla aguda que hizo volverse a todos? Frente a ellos, tirado en medio de la carretera había un pequeño librito. En su portada podía leerse: *Pequeño tratado de las flores del jardín Mediterráneo.* La obrita, cuidadosamente encuadernada, se deshojaba lentamente, pero aun así, sin amilanarse, prosiguió en su afirmación—. ¡Y los libros! Nosotros que somos que somos las únicas cosas que podemos hablar en el País de las Personas. A los libros se nos maltrata sin razón —la voz se le quebraba de la emoción—, pese a ser los depositarios del saber, de la cultura, de la información, del ocio. Pese a ser la compañía más fiel en los momentos de soledad y hastío, de amor y de dolor, de alegría y de olvido. — El tono de voz del gracioso librito se iba haciendo cada vez más firme, más reivindicativo, como si se abriera camino con dignidad ante un ultraje. Y prosiguió —. Se nos maltrata, se nos utiliza sin cuidado. Se nos tumba sin cariño aquí y allá, para recogernos de nuevo cuando se antoja. Y siempre estamos dispuestos, nunca decimos: no, ahora no quiero. No; con talante amable, damos siempre todo lo que tenemos una y otra vez, sin cansarnos.

El discurso estaba cayendo como un jarro de agua fría sobre ascuas. Tras el jocoso alboroto inicial, un silencio respetuoso se apoderaba, cada vez más, de todos los presentes. la voz firme, aguda y sutil de la obrita tirada en la carretera era un lamento. En ese momento, su tono cambió:

—Los libros formamos legión. Nuestra fuerza es la permanente disposición a dar cuanto tenemos siempre que nos lo pidan… ¡Y a pesar de ello nos maltratan! —La vocecilla se quebró definitivamente, apagándose en un sollozo pequeño.

Todos quedaron perplejos. El desparpajo del pequeño libro, que había levantado alguna sonrisa de compromiso entre los presentes, se tornó en amarga reflexión: cuánta razón tenía aquella graciosa criatura que se deshojaba al sol sin remisión, tirada en medio del camino, en aquel País de las Cosas.

«¡Cuánta razón tenía!» pensó Julio, ese niño que tanto se parece a ti y que como tú, a veces deshoja, rompe y tira los libros que tanto ha costado escribir y que, además, son las únicas cosas que verdaderamente pueden hablar en el País de las Personas. «Porque —pensaba el niño—, los animales con sus cariños nos dicen cosas»; su gata, por ejemplo, ponía el rabo tieso los días de lluvia saludándolo con un gracioso miau. Pero no podía hablar, había que interpretar su miau e incluso estudiar su inflexión para entenderlo. Pero un libro es capaz de hablarnos desde su silencio. ¡Cuántas veces decimos:

eres como un libro abierto, cuando queremos decir que una persona es clara y se le entiende todo lo que dice!

—¡Ah, los libros! —exclamó Julio en voz alta, sin poder contenerse—. ¿Qué sería de los que vivimos en el País de las Personas sin libros?

—¡Exacto! —sentenció el zapato militar—. No tendríais cultura, ni podríais saber lo que han pensado los grandes hombres en un momento determinado de su vida.

—Ni lo que hay en una región —dijo la zapatilla.

—Ni cómo se cocina un capón —le replicó una piedra gordita y redondeada del camino, más despierta que las demás.

—Ni cómo se hizo grande una Nación —sentenció la bota militar—. Los libros nos lo enseñan todo, nos acompañan siempre; son nuestro mejor compañero en cada momento y, sin embargo…

—Y, sin embargo, ¡ingratos!, nos abandonáis en las bibliotecas y en los estantes de las librerías —dijo sin poder reprimirse el gracioso librito intentando guardar la compostura de sus hojas movidas, de acá para allá, por el irreverente viento.

—Pero ¿cómo? —le replicó Julio—. ¿No estáis bien en las grandes librerías, en las inmensas bibliotecas?, ¿no os encontráis a gusto tan ordenados y tan juntitos?

—¡Bah!, bueno… —suavizó el tono el pequeño manual—. La verdad es que nos gusta que nos clasifiquen y nos ordenen en las estanterías —hizo un silencio—. Pero dime: ¿tú cómo te sentirías si un día por la mañana te levantan, te arreglan para una fiesta y luego esa fiesta no llega nunca?

—No entiendo —le replicó el niño—, ¿cómo que no llega nunca? ¿A qué fiesta te refieres…?

—Sí, claro —le dijo entonces el librito—, te ponen en la estantería, te clasifican, pero luego nadie te coge para leerte… ¿Te imaginas algo así? Como se dice en el País de las Personas: se quedó compuesta y sin novio… —y concluyó con tono desolado—. ¡Con lo que cuesta hacer un libro!

—Bueno —interrumpió, conciliador, Julio—, ya sé que cuesta. ¡Claro! —se reafirmó moviendo la cabeza—. Hay que escribirlo, luego imprimirlo, venderlo…

—¡Ajá! —no pudo por menos que exclamar el botín militar—. ¿Qué te crees? Hacer un libro no es el *veni, vidi, vinci* que tanta fama le dio a César, militar brillante, que, por cierto, escribió lo de las Galias… ¡No señor! —La cita de César añadió marcialidad a su voz—. No, muchachote, un libro es mucho más. Mira: primero está la idea, que no es poco. Alguien tiene que sentir esa llamada por comunicar algo a los demás; algo que lleva dentro y que necesita, que desea transmitir a todos para que todos sepan, para que todos comprendan algo más, para que todos sean más sabios, más humanos, más cultos. Y no importa que la idea sea transcendente o trivial; todo vale, todo es importante para el padre de la criatura: ¡No hay libro pequeño! —exclamó entusiasmado mientras proseguía—. Como no hay niño feo para una madre, ni tonto, ni malo…

Hizo una nueva pausa para ver el efecto de sus palabras. Todos en silencio seguían sus razonamientos. Más tranquilo continuó:

—Una madre siempre ve lo mejor en su hijo. Un autor lo ve siempre en su libro. Por eso —reflexionó—, hay que ser delicado con la crítica de un libro, puedes herir de muerte con un solo comentario.

—Bueno, ¿y qué pasa luego? —preguntó la zapatilla más curiosa.

—Después, viene lo peor, mi querida señorita—le contestó el militar—. El autor tiene que dar a imprimir el libro. Tiene que buscar a alguien que se interese y hacer que prenda en el corazón de otros la llama que él tenía cuando lo escribió... Y eso, querida mía, no es nada —recalcó la frase—, nada fácil.

—¡Así es! —apostilló el librito que se deshoja al sol, mientras movía suavemente sus hojas hasta quedarse fijo por fin en la página 60—. A veces es fácil porque otros tienen la misma corazonada, el mismo afán que el autor y, juntos, se embarcan en la feliz aventura llena de incidencias que es el escribir y editar un libro. Pero, otras veces, el corazón de hielo de algunos hace imposible que la llama del autor lo encienda, y aquí...

—Y aquí viene la parte más difícil —prosiguió la zapatilla—. La fe del autor, que lo tiene todo en contra, ha de ser en este momento como la voluntad de un corredor de fondo cuando, a la mitad de la carrera, siente que sus fuerzas le abandonan: ha de ser valiente, sacar coraje de donde no lo hay y seguir intentando editar; llevar su criatura adelante como la madre que siente que peligra la vida de su hijo y no duda en darlo todo por él. Luchará, suplicará, amenazará, pero jamás sucumbirá —dijo finalmente con tono épico—. ¡La historia solo la escriben los valientes!

—¡Buena frase, pardiez! —gritó el botín militar—. Sí, señor —afirmó rotundo—. La historia —repitió pausadamente—, se escribe con los hechos, no con lo que pudo ser. Por eso, nuestro autor llevará finalmente a cabo su deseo. Quizá porque, a la postre, el corazón de algún editor se encienda o porque, por el contrario, desde siempre el editor estuviera esperando justamente a ese autor. En el mundo de las personas la vida está frecuentemente zarandeada por el azar y las cosas más preciosas y maravillosas pueden surgir así, por azar, como el amor.

Mientras esto decía, la bota militar, dedicó una tierna mirada a la zapatilla que, cerca de él, lo escuchaba embelesada.

—¡Qué bien hablas! —musitó entusiasmada— se nota que has recorrido mucho mundo.

—Y, ¿entonces? —preguntó el niño, sin caer en la cuenta de la delicada situación.

—Entonces, finalmente, el original del libro se revisa, se corrige. Se realizan las pruebas y tras el visto bueno de su autor, se imprime en prueba —le contestó seco el militar.

—¡Qué alegría! —exclamó sin poder contenerse el librito que se deshojaba lentamente al sol—. Recuerdo aquel día como si fuese hoy —dijo sacudiéndose coquetamente sus maltrechas y pobres hojas—. Me llevaron a mi autora —continuó el librito—, una graciosa profesora de idiomas que durante unos meses me había confeccionado, repasando una y otra vez mis hojitas en busca de un detalle que afeara mi aspecto. Parecía una madre cuando peina a su hija en el día de su primera comunión: colocando y recolocando el lazo aquí y allá, preguntando a la vecina y a la amiga si no es verdad que su niña es la más bonita de la tierra —había emoción en sus palabras—. Así hacía ella, me daba a leer a las amigas y preguntaba después: «¿Qué te ha parecido?», esperando, con cara de ángel, la aprobación de sus más queridas amigas, de las más fieles, de aquellas que siempre le decían que sí, que yo era la criatura más linda, el librito más hermoso que jamás habían leído; y a ella se le llenaba el corazón de alegría estrechándome junto a sí.

—Cuando, tras un día de trabajo, vencida por el sueño, se acostaba, me ponía bajo su almohada para tenerme cerca y a medianoche, súbitamente, encendía la luz y con gesto rápido me pasaba de hoja en hoja hasta detenerse en un párrafo. Con un lápiz de afilada punta corregía entonces algún giro, alguna expresión, que no llegaba a convencerle. ¡Ah! —exclamó el librito sin poder contener una lágrima de tinta negra—. ¡Qué tiempos! Recuerdo cuando, por fin, me pusieron mis flamantes tapas de vivos colores y el título en la portada: *Pequeño manual de Jardinería: Cuida tus Flores* por Amelia González, licenciada en letras. Me dispusieron, junto con mis hermanas gemelas, en el escaparate de una librería de la ciudad. Allí estuve unos días haciendo amistad con mis compañeros de anaquel. ¡Y qué compañeros! —exclamó, súbitamente entusiasmado—. A mi lado un manual de Derecho Civil, grave y engominado, con sus cantos dorados y su forro de piel a modo de abrigo. Nos miraba con gesto severo, distante, y siempre hablaba en plural: «Pensamos esto, creemos aquello…». Menos mal que, a mi izquierda y un poco más abajo, un gracioso librillo sobre la vida nocturna de la ciudad nos daba el contrapunto —la voz del librito se tornó cómplice—. ¡Vaya marcha la del joven! Sabía la vida y milagros de aquella ciudad y se divertía en contarnos las anécdotas más atrevidas sobre este o aquel local, esta o aquella barra. —Miró al botín militar y, al verlo fruncir el ceño, se apresuró a enmendar el relato—. Y también sobre itinerarios culturales y turísticos sabía…, no creáis que solo se dedicaba a los bares —se disculpó—.

Todos asintieron con aire comprensivo.

—Luego —proseguía el librito—, para no ser menos, había manuales de cocina, otros sobre la conquista de América por los españoles, un manual sobre magia —hacía memoria—, algunas enciclopedias, etc. ¡Cuánto sabían esas enciclopedias oye! Le preguntaras lo que le preguntaras… ¡Lo sabían! Bueno para no cansaros —concluyó—, allí había un poco de todo.

Un buen día, alguien me cogió del estante para observarme rápidamente, casi de forma cruel con una velocidad que casi pierdo mis hojas. ¡Qué modos…! Luego, me volvió a depositar. ¡Menos mal! pensé, qué bruto. Bueno, pues allí estuve otro buen rato y nuevamente me recogieron para, sin hojearme siquiera, envolverme en un papel de seda, suave, con las letras de la librería artísticamente impresas: «Librería Imperio» y, en letras más pequeñas «Iban buscando un Imperio».

Por un momento, el relato se detuvo. El librito dejó que el silencio invadiera su corazoncito de papel, sin duda para hacer menos penoso el recuerdo que se alejaba veloz a medida que su relato avanzaba. Después de unos breves momentos de reflexión, que todos respetaron, cada cual entreteniendo su mirada en algún punto lejano del paisaje, el librito prosiguió:

—Sí, así me adquirieron. Me utilizaron mucho. Mis consejos eran diariamente consultados porque mi dueño tenía un hermoso jardín que, gracias a mí, cada día era más y más frondoso. Luego algo pasó, no lo sé bien. Mi dueño se marchó de aquella casa y entre las cosas que dejó estaba yo, en un estante junto a vulgares revistas atrasadas y novelas de poca y descuidada edición; hasta que un día, alguien, de modo ciertamente desconsiderado, me introdujo en una fea bolsa de plástico y de golpe me encontré aquí, en el País de las Cosas, donde van a parar todas las que se desechan en el País de las Personas y donde finalmente podemos comunicarnos entre nosotros. Aunque —reflexionó orgullosamente sacudiéndose el polvo de sus hojas—, yo era la única cosa que podía hablar en el País de las Personas. Y, aquí—dijo—, acaba mi historia querido niño, ya me ves...

El niño, como todos los demás, se había conmovido con las deliciosas aventuras de aquel librito de flores. Tras unos breves instantes de indecisión, Julio se acercó a él y, agachándose en medio del camino, lo recogió amorosamente con una delicadeza nunca antes vista en él. Después, junto con las zapatillas y la bota militar, sin olvidar a la piedrecita gorda y rechoncha que había seguido atentamente toda la historia demostrando así que, a veces, aun los que nos parecen menos inteligentes, si los atendemos, pueden convertirse en buenos y provechosos compañeros en el viaje de la vida.

Así, digo, emprendieron la marcha hacia donde el camino se perdía en el horizonte en medio de aquel país al que van todas aquellas cosas que, de modo insensato, las personas después de usarlas, olvidamos. Aunque las cosas nunca olvidan. Todas tienen su corazoncito y solo piden que, cuando ya no sean útiles, las guardes para que, al verlas de nuevo, enciendan en ti el mismo fuego del recuerdo y de la nostalgia, de la alegría que en su día fueron capaces de dar cuando, nuevas, eran el centro de nuestra atención. Porque las cosas, querido niño, tienen todas su corazón. Aunque sea de caucho y piel como la bota del fuerte militar; o de suave papel perfumado como el libro de jardinería de Amelia González, licenciada en letras. No lo olvides nunca y trátalas con cariño.

IV

Súbitamente, el camino que serpenteaba por el horizonte se desvaneció. Primero en sus colores, luego en su forma. El paisaje se inundó de luz, como si mil soles hubieran encendido su cuerpo al mismo tiempo. Cegado por aquella luz, el niño se puso sobre la cara los dedos de su mano abierta. Tras unos instantes y varias tentativas de apartarlos sin ser herido par la claridad cegadora, pudo, finalmente, ver de nuevo.

—¡Hola! Por fin te has despertado. Llevo esperándote desde hace rato.

Nuestro joven miró a su alrededor. Un luminoso camino, lleno de palmeras, se perdía allí a lo lejos sobre el mar. El bondadoso anciano, su amigo, lo miraba con rostro de condescendencia mientras él, boquiabierto, se desperezaba. ¡Qué buen sueño había echado! Se sentía más ligero, más calmado, como si todo su cuerpo hubiese recibido una reconfortante inyección de vital energía. El anciano lo miró atentamente y le dijo:

—Querido niño, veo que has tenido un buen sueño. Dichosos tú que puedes recibir a manos llenas ese divino don del cielo. ¡Dormir y soñar! Eso hace al hombre sublime, como ¡un dios menor! Gran tesoro si sabes administrarlo.

El niño entendía poco de aquella disquisición del anciano. Para él, dormir era algo que había que hacer periódicamente, como comer o jugar y no veía en ello nada extraordinario. El viejo, al ver el rostro de extrañeza del niño, comprendió sus pensamientos y sin esperar palabra prosiguió:

—Te equivocas… ¡Si solo supieras el tesoro que tienes en tus manos! Mira —le dijo paternalmente—, la vida es un ejemplo, el más extremo, de equilibrio: la salud está siempre en equilibrio con la enfermedad, la alegría siempre anda, de esquina en esquina, con la tristeza. La fortuna y la adversidad juegan diariamente su partida de dados con los humanos y en medio de ese sublime equilibrio se encuentra el hombre que puede decidir estar en un lado o en otro de la balanza. Solo los niños, en su inocencia, se dejan llevar por el sabio reloj de la naturaleza: viven, juegan y duermen. Comen y descansan cuando este les dice que lo hagan y así sois felices… Pero el hombre adulto, a veces, os arrastra con él en sus locos deseos, en sus oscuras pasiones, como te ha ocurrido a ti. El azar ha hecho rico a tu padre. ¡Oh felicidad ingrata! Y a ti te ha hecho desgraciado, rompiendo la lógica de tu vida para llevarte lejos hacia un destino que no buscabas. Por eso habías perdido el sueño; por eso la vida no tenía sentido para tu joven corazón. Pero hoy has podido dormir y soñar de nuevo y no por un milagro, sino porque, por un momento, te has encontrado a ti mismo; y tu espíritu, liberado, ha vuelto a soñar.

El anciano reflexionaba en voz alta. Casi recitaba estos pensamientos en tono suave, melódico, pastoral… Se diría que cada palabra estaba sembrada en el interior de su corazón como una semilla y que, al pronunciarlas, estas fueran floreciendo, una a una, hasta formar un ramillete de bellos consejos que el anciano, después, le iba dando al joven. Y proseguía su discurso:

—A veces, incluso los adultos, que tienen perdido el sentido de la vida y corren tras ilusiones vanas y fugaces jugándose a veces la vida en ello, pasan por estos momentos de infantil alegría. Es como el brote de brisa en una calurosa y asfixiante mañana de verano. Es «el momento perfecto». Nos da en la cara súbitamente, fugazmente, inadvertidamente; nos trae de lejos el olor de la brisa marina o del bosque olvidado de nuestros días más felices. *Spensierato* dicen los latinos: sin pensamiento, sin problemas. Así es como se les llama a los que reciben este don divino. Para ti, que bebes diariamente en esa fuente de alegría, es normal. ¡La tienes tan cerca!, ¡tan a mano! Para nosotros, los viejos, en cambio es tan lejana, tan pequeña… Ya casi no da su agua de luz a nuestras vidas, y solo acertamos a decir lo que el rey: «No pierdas nunca el tiempo… es la sustancia de la que está hecha la vida».

El niño escuchaba de buen grado las palabras del anciano, aunque le sonaran a consejos un poco raros.

«Si a mí no me ocurre nada de eso —pensaba—, si he vuelto a soñar igual que lo hacía antes. Sí, aquel sueño sobre los libros, que recordaba perfectamente, había sido gracioso, con aquellas cosas que hablaban. Entonces, ¿a qué venia aquel sermón?» se preguntaba. Así que, para sacar al venerable de aquel púlpito sin disgustarlo, Julio, preguntó al hilo de la conversación:

—Bueno, bueno… y, a propósito ¿qué pasó con «Así-se-hace»? ¿No estaba realizando una prueba, corriendo por la montaña «¡Hala-qué-alta!»? ¿Qué pasó después? ¿Ganó la carrera?

El anciano «Tulón-fui», ante la avalancha de preguntas, se quedó un momento pensativo. Comprendió que el muchacho no estaba por oír muchos sermones en aquel rincón fabuloso de la isla y, discretamente, se dispuso a proseguir con su anterior relato:

—Bueno —comenzó diciendo—, recordarás que el joven aspirante había subido a lo más alto de la cordillera de aquella isla para cumplir al pie de la letra con el reglamento de la prueba «Corre-y-corre. Salta-y-salta». Así que, llegado a lo más alto de la cima «¡Hala-qué-alta!», vio cómo los demás participantes corrían por el valle y, por lo tanto, aunque el camino fuese más largo, al ser ligero y sin altibajos, le llevaban gran ventaja. No se desanimó nuestro buen joven a sabiendas de que hacía lo justo, de que su victoria o derrota dependería de sí mismo, de su capacidad y no de las artimañas de los demás.

—Pero —le replicó Julio, indignado—, ¿por qué él, viendo que los demás no subían la montaña, no hizo lo mismo? Me parece del género tonto.

—Tienes toda la razón, pequeño y la verdad es que, si los demás no guardan las reglas del juego, sencillamente no hay juego y si tú las sigues estás en franca desventaja. Pero olvidas una cosa fundamental: aquellas pruebas eran para escoger al rey. Se hacían para ver quién era el más valeroso, sabio, fuerte y honesto. Nuestro joven aspirante sabía que, si no cumplía lo pactado y lo proclamaban rey sin haber cumplido las reglas, nunca sería rey para sí mismo, aunque los demás así lo proclamaran…

—Bueno, ¿y qué? —respondió el niño—. Si los demás creen que tú eres el mejor, aunque tú no lo seas… Con no decirlo…

—¿Ves? Aquí el adulto le lleva ventaja y el anciano más aún. Así es la vida, muchacho. La experiencia es una disciplina que tiene al tiempo por maestro… Tú todavía no lo sabes, pero el hombre necesita saber su auténtica situación, necesita conocerse. Así se vuelve más sabio y, cuando se conoce verdaderamente, entonces nada ni nadie puede contra él; por eso un hombre sabio y justo es verdaderamente libre y respetado por todos porque su fuerza nace de su voluntad de ser justo, y su justicia de su fuerza por mantenerse siempre en la recta vía… Aunque —reflexionó con gravedad—, lo verdaderamente difícil es saber, en cada instante, dónde está esa vía de la verdad.

El anciano quedó abstraído en estos pensamientos demasiado profundos para el joven. Luego, como si volviera en sí, concluyó:

—Demasiado para ti ahora, muchacho, pero quiero que sepas que, si eres fiel a ti mismo, aunque tengas a todo el mundo frente a ti, podrás navegar contra las ideas que creas falsas y apartarlas como el agua se aparta ante la proa firme de un barco. Pero si tu confianza en ti mismo fracasa porque sabes que no es justo lo que defiendes, esa misma agua se convertirá en hielo y quedarás atrapado en el mar inmenso de la cobardía, el engaño y la mentira, rodeado de todas aquellas conciencias que, como la tuya, serán solo embarcaciones muertas, aunque parezcan estar a flote. Y es que una conciencia que se traiciona a sí misma —dijo, terrible—, ¡no vale ni para madera de fuego…!

El anciano hacía estos comentarios con gesto cada vez más austero, oscuro. Sus sienes se tornaron más blancas. Sus manos, que agitaban el bastón, más descarnadas. Su voz, grave, se confundía con el trueno lejano del mar y su rostro se fue haciendo severo a tal punto que el muchacho se reclinó hacia atrás temiendo lo peor.

Pero rápidamente, ante el temor de Julio, el anciano, alargando su mano, acarició la cabeza menuda del niño, ese que tanto se parece a ti, rozando su corto cabello que se deslizó entre sus dedos como un cepillo.

—Bueno, bueno… No creo que necesites que te cuente ahora esto. Eres inteligente y despierto, sabrás navegar siempre con buen viento. Y si eres un buen capitán, cuando el barco de tu conciencia se vea amenazado por la tempestad de las ideas, no dudo que, como buen patrón, sabrás llegar al puerto de la justicia, que es el único seguro… Aunque a veces parezca lo contrario.

Julio se sintió alagado por aquellas palabras que le reconocían madera de futuro hombre de bien. El anciano, a su vez, sabía que el niño no había comprendido en su integridad el discurso. Solo era el enunciado que debe guiar el paso del hombre en la tierra: hacer el bien, huir del mal, ser justo y consecuente consigo mismo. Sin embargo, deseoso de acercarle aún más a esos pensamientos, el anciano continuó:

—Por eso, pequeño, nuestro joven héroe no bajó a la pradera, sino que subió a la montaña porque era lo que su conciencia le impulsaba a hacer. Esa era su fuerza. Por eso corría ligero, sin detenerse, seguro, confiado; con la fe que movía la montaña de su voluntad y que corría junto a él. Pero, súbitamente, algo heló su corazón paralizando su ágil carrera.

—¿Qué pasaba? —preguntó rápidamente Julio.

El anciano, satisfecho por haber recuperado su interés, le contestó:

—A lo lejos, dado que la altura a la que estaba la montaña le ayudaba a ver más allá del horizonte, observó algo terrible, el fenómeno más trágico de la naturaleza, el más pavoroso, el que dicen que quién lo ve ya nunca es el mismo, quedando marcado para siempre por el horror de su visión.

—¿Quién era? —insistía una y otra vez el niño, súbitamente interesado en el relato.

—Era un tsunami. ¡La ola del infierno! Es un fenómeno muy, muy antiguo de la naturaleza. ¡Mira! —Y le señaló el puño de su bastón. En él, delicadamente grabado, se veía una enorme ola que regaba todo el pomo prolongándose por el cuerpo del bastón, hecho de madera de palmera, en una filigrana multicolor—. ¿Ves? —prosiguió el sabio anciano—. Así aparece, como una montaña gigantesca de agua y espuma. Dicen que la originan los dioses del mar en su lucha con los espíritus malignos que habitan en las profundidades del océano. Allí fueron un día arrojados por su perversidad. Ellos intentan a veces arrebatar a los dioses su sitio sobre las olas y, levantando las aguas en las que habitan, se acercan con ellas a las nubes más altas del cielo; pero luego caen y su caída, transformada en ola gigante, arrasa furiosa todo lo que se interpone en su camino.

—¿Y así nuestro joven guerrero vio un tsunami?

—Así es —afirmó el viejo—. Él observaba, horrorizado, la gigantesca ola que amenazaba sobre el horizonte. Después divisó, a lo lejos, en el valle, un poblado donde la paz acudía a confundirse con la tranquilidad de sus habitantes que ignoraban el drama que iba a desencadenarse sobre ellos en apenas unos minutos. Finalmente observó también a sus contrincantes correr por la ladera y no tardó en comprender la situación: si la ola gigante llegaba, hecho cierto, aniquilaría aquel poblado con toda su gente y de camino acabaría con sus opositores que, ajenos al peligro, seguían corriendo por el valle. A él nada le pasaría, estaba demasiado alto, la ola quizá llegara a bañarle los pies.

El anciano narraba su historia cada vez con más vehemencia. Parecía poseído por algún fuego interior que avivara sus palabras:

—¡Era la señal del cielo! ¡Él era el elegido! Él había cumplido las reglas de la prueba, los demás no; y por eso iban a ser irremisiblemente castigados. Sería así elegido rey, ya no había duda, y su nombre figuraría en la tabla real donde se encuentran inscritos los de todos los reyes de aquellas islas. Sería algo así como «El-trueno-que-ruge» o «La-justicia-del-mar».

El niño miraba incrédulo al venerable fabulista. No podía creer que el joven guerrero pudiese cumplir aquellos terribles presagios. Le miró con cara apenada, buscando una respuesta confortante a sus preguntas. Por toda explicación el anciano prosiguió su relato:

—A nuestro joven guerrero le habían asaltado dos ideas que, juntas, eran terribles: una, el saber que él cumplía con la ley; la otra, que se iba a desencadenar un terrible castigo contra los que la habían infligido. Un castigo que, además, le beneficiaba con mucho… En otras palabras, que él no solo estaba a salvo, sino que además sería alabado por ello… ¿Pero estaba realmente a salvo de su conciencia?»

El viejo «Tulón-fui» se quedó un momento mirando al joven:

—¿Ves lo terrible de la conciencia humana, mi pequeño niño? —Y continuó, tras una breve pausa, para dar más énfasis a sus palabras—. ¿Entiendes ahora lo difícil que es cumplir con lo legal y, a la vez, con lo que es justo? Nuestro joven guerrero podía muy bien dejar que la gigantesca ola se llevase a sus competidores. Podría después justificarse «¡Que hubieran sido honestos…! ¡Que no hubiesen hecho trampas!». Pero recuerda, muchacho, nunca debemos juzgar o procurar el mal, aunque este nos beneficie, porque sobre la ley escrita siempre estará esa otra ley que te hace decir: «Si es bueno para mí y no es malo para los demás, entonces lo acepto, a condición de que lo que voy a hacer sea, además, justo».

El noble anciano detuvo aquí su relato. Las últimas palabras las había pronunciado apaciblemente, en tono reposado. Era su propia conciencia la que hablaba. Después, como si el fuego interior que un momento antes había inflamado su verbo se hubiese consumido y solo quedaran confortables brasas calentándole, el fabulista prosiguió, más pacífico en su relato:

—Y entonces, nuestro joven guerrero, tras una rápida reflexión, se lanzó a correr desesperadamente contra el tiempo montaña abajo para avisar a todos del peligro. Corría y corría, se despeñaba, caía; se levantaba dando golpes contra las rocas, arbustos y piedras que junto con él se despeñaban. No sentía dolor, no sentía miedo: solo la firme determinación, con sus ojos fijos en el horizonte, que se engrandecía, oscureciendo al sol por momentos.

»Afanosamente, medía la distancia que le separaba del poblado. Su fuerte corazón galopaba como loco, acompañándole en el esfuerzo. Latía con tanta intensidad que ni el jadeo, ni el ruido de su caída por la pendiente impedían escucharlo. Sus músculos habían recobrado el vigor de un tronco de palmera agitado por el viento. Eran ahora tensos, firmes, seguros: aquí extiendo el pie, allá la mano; me aferro, caigo… Me detengo, quiebro. Recupero, de nuevo caigo… El tiempo eterno sobre él; los ojos perdidos a lo lejos, en la amenazante ola…

La narración se había hecho entrecortada, rápida, buscando, en el efecto de la voz y el contrapunto de la pausa, la tramoya escénica que el momento requería. El relato tomó, súbitamente, tintes épicos:

—Pronto comprendió que no podría llegar. ¡Demasiado tarde! La distancia era enorme. Entonces, en su desesperación, detuvo de golpe su carrera y miró al poblado lejano. Nadie había advertido el peligro; todo era paz y sosiego. Decidió rápidamente; recogió sus dedos, pulgar e índice, en un óvalo y los acercó a la boca. Llenó su cansado tórax de aire y, tras un momento, lo expulsó de golpe sobre la mano. Un agudo silbido se encaramó entonces, vibrando por las paredes de la montaña y rebotando después sobre el valle. Todos alzaron la cabeza y detuvieron el aliento: ¿quién había dado tan tremendo silbido?

—¿Qué había sido? —repitieron casi al unísono el niño y el viejo. Esa coincidencia de repetir la misma frase hizo sonreír a ambos descargando la tensión que el relato iba acumulando. Pero el viejo no quería que se perdiese una atmósfera tan favorable y, rápido, prosiguió:

—Cuando vio que todos lo miraban, repitió el aullido humano del viento mientras señalaba al horizonte. ¡Se desencadenó el mismísimo infierno! Como movidos por un resorte, todos los habitantes del poblado que hasta aquel instante parecían tranquilas figuras de un belén viviente, sufrieron al unísono una conmoción como si una descarga eléctrica los hubiese alcanzado. Y corrieron a poner a salvo a sus niños más pequeños, a los impedidos y a los ancianos; llevándose solo sus enseres más indispensables mientras emprendían veloz huida hacia la montaña.

»Quienes competían en la carrera «Corre-y-corre. Salta-y-salta», al recibir la señal de alerta de nuestro joven guerrero, se dividieron en dos grupos: los que, imitando a los habitantes del poblado, huyeron monte arriba y los que, por el contrario, a despecho de sus vidas, se volvieron hacia el valle para ayudar a los más lentos e impedidos. El joven siguió chiflando y corriendo en un titánico esfuerzo para alertar a los más lejanos y al mismo tiempo ayudar a los que huían.

Los ojos del niño que tanto se parece a ti se agrandaban por momentos al escuchar aquel cuento. Era como si su tranquilo mar del lejano sur le viniese a la memoria: bravío, tormentoso, ¡bestial! El anciano fabulista, al observar su rostro, sonrió veladamente. Había logrado cautivar al joven con el tema que más vivo permanecía en la mente de Julio: el mar. Sin embargo, disimuló su satisfacción poniéndose en pie para, con los brazos abiertos, enfatizar el relato:

—Corrieron y corrieron hasta que el ruido de la ola se hizo presente. El cielo entonces se oscureció y la montaña de agua marina comenzó a mostrar su verdadero aspecto. Se hizo la noche: ¡tal era la altura del tsunami, que oscureció al sol! Todos huían, sin tiempo para mirar atrás, animados por el joven que venía en su ayuda… Desgraciadamente, ya daba igual. Era tarde para correr a pesar de la valentía del joven guerrero cuyo aviso les había permitido abandonar el poblado. La cima de la montaña aún estaba lejos y el tiempo también parecía haberse paralizado ante la increíble ola asesina. Y, sin embargo, a pesar de todo, el joven no se rendía; antes bien continuaba exhortándoles a correr sin mirar atrás…

—Pero ya nada podía salvarles —interrumpió el niño, inquieto por la actitud del valiente corredor—. ¿Para qué correr ya? —dijo—. Mejor dejarse caer y esperar lo inevitable.

El anciano lo miró con gesto de comprender lo que estaba diciendo, aun sin estar de acuerdo:

—Verás —le repitió el fabulista—, hay un viejo dicho que reza así «Nada está perdido hasta que tú lo das verdaderamente por perdido». ¡Y es verdad! Muchas veces, a lo largo de tu vida, te vas a encontrar con situaciones límite, aquellas a las cuales no les verás ninguna salida. Entonces creerás que lo más fácil, lo único que puedes hacer es rendirte. ¡Harás mal!

—¿Por qué haré mal? —respondió Julio—, si el profesor me saca a la pizarra y no sé el problema… ¿Qué puedo hacer? Lo mejor es dejarlo, decir: no lo sé… y volverme al pupitre.

—Eso es aceptar un cero sin luchar —le respondió tajante el viejo.

—¿Y qué quiere que haga?, ¿que me invente la solución?

—No se trata de inventar— le replicó, más conciliador el anciano, tratando de hacerle ver el punto de vista de la situación—. Mira —le comenzó diciendo mientras recogía un guijarro del sendero—, ¿ves esta piedra? Vamos a hacer una apuesta. ¿Tú sabes que en estas playas hay algunas piedras que pueden flotar sobre las aguas por unos momentos?

El niño abrió aún más sus ojos al tiempo que exclamaba:

—¡Anda ya! ¿Unas piedras que pueden flotar sobre el agua?.

—¡Exactamente así! Y —agregó—, para que la cosa tenga emoción, te lanzo un desafío y una promesa. El desafío es que las busques hasta encontrarlas. La promesa es darte lo que tú desees, lo que quieras si las encuentras…

EL SUR

El niño tuvo un momento de vacilación, pero pronto recapituló:

—Si las encuentro… Te pida lo que te pida… ¿Me lo darás?

—Así es —respondió, tranquilo, el venerable.

«La apuesta es difícil» —pensó Julio—. «Pero si era verdad que en aquellas playas existían esas raras piedras, y el anciano no era una persona que tuviese el aspecto de mentir, era solo cuestión de encontrarlas y, después, ¡a pedir lo que él quisiera! ¿No era extraordinario?» se dijo a sí mismo.

Y con súbito entusiasmo se dispuso, sin más, a buscarlas.

El niño fue cogiendo, una tras otra, cuantas piedras encontraba en la playa, sin distinción de tamaño ni color y las iba arrojando al agua esperando verlas flotar. Al principio las lanzaba vivazmente, luego más lentamente… Hasta que, exhausto, se sentó al borde de la orilla.

—¡Me rindo! —gritó desolado—. No las encuentro… quizá no existan. —Se atrevía a decir para ver el efecto de sus palabras en el anciano. Este, severamente, miró al joven:

—¿Ves? —le dijo serio—, tú te has dado por perdido. No has utilizado el don más precioso que los humanos tenemos, aquel por el cual el mundo entero, animal y vegetal, nos rinde pleitesía: ¡no has utilizado la inteligencia!

—Pero… ¿Qué inteligencia voy a usar? —protestó el joven—. Una piedra es una piedra… ¡y no puede flotar! —concluyó visiblemente contrariado.

—Si a través de la Historia —le replicó el anciano— la humanidad hubiese pensado como tú, el hombre ahora no podría volar, ni existirían las telecomunicaciones, ni tampoco los demás avances. ¿Cómo iba a poder mantenerse en el aire

73

un avión que es tan pesado? Y, así, razonando, no queriendo ver más allá de las cosas, nos hubiéramos quedado en las cosas mismas y nunca habríamos progresado...

El viejo se encontraba visiblemente enojado. La actitud conformista de Julio lo había puesto fuera de sus casillas:

—Además —continuó mientras gesticulaba—, recuerda esto, muchacho: yo dije algunas piedras de la playa... —Y se agachó para recoger una bonita piedra redondeada por la erosión marina que se encontraba a sus pies, apenas bañada por la ola de la orilla. Luego se dirigió directamente a la línea de la playa, donde la arena mojada juega a frontera móvil con la arena seca y deja al descubierto los pequeños esqueletos de los crustáceos cogidos en ese peligroso juego fronterizo, entre el mar y la tierra. Y prosiguió:

—Dije que algunas podían flotar durante unos instantes. ¿No es así? —inquirió con acento burlón mientras, volviéndose hacia donde se encontraba el niño, se protegía la cara con su huesuda mano evitando el sol del mediodía.

Julio lo miraba entre enfadado y perplejo esperando de un momento a otro el fracaso rotundo de aquella teoría sobre la flotabilidad de las piedras o por el contrario (¡no quería ni pensarlo!) la demostración de que algunas piedras floraran realmente sobre el agua.

—¡Qué tontería...! —acertó solo a decir.

—¡Bien, muchachito! —le replicó el viejo mientras se remangaba la túnica—. Pues mira cómo flotan también las piedras usando únicamente la inteligencia como flotador.

Y diciendo esto, lanzó la piedra hacia mar adentro imprimiéndole una rápida rotación. La piedra salió despedida de su mano al tiempo que el giro, imprimido por el rápido juego de muñeca, le hacía rotar sobre sí misma. Apenas hubo tocado la superficie del mar cuando, ante la sorpresa del muchacho, rebotó una y otra vez, como si, obstinadamente, evitara mojarse. El niño se quedó de una pieza…

—¡Eso no vale! ¡Eso también lo sabía hacer yo!

Para qué dijo eso. El viejo entonces se volvió, violento, y le contestó:

—¡Ajá! ¿Ves como si lo sabías? ¿Ves como podías, con solo un poco de esfuerzo, solucionar el problema? Aun así —remitió su tono de voz—, todo ha salido como yo quería, porque has podido comprobar que no es bueno rendirse ante la adversidad; que antes hay que hacerle frente y buscar siempre la mejor salida. Por eso, nuestro valiente guerrero animaba sin descanso a los pobladores a correr: porque estaban vivos aún… Y mientras hay vida, recuérdalo, hay esperanza.

Tras decir esta última frase volvió a sacudir el pelo de cepillo de Julio con su ancha y huesuda mano, en tono conciliador. El niño también asimiló la lección comprendiendo lo que el anciano le había querido enseñar.

—*Memento Audere Semper!* ¡Recuerda ser siempre audaz! Es latín —exclamó por último el anciano, dirigiéndole una mirada, que a Julio se le antojó terrible, mientras sentándose, se prestaba a continuar el relato. El niño se sentó junto a él, a la manera de los antiguos moradores de las islas (o sea, doblando las rodillas) y se dispuso a seguir escuchando. El anciano entonces, como si de un director de orquesta se tratara, lo miró y, con grave gesto de asentimiento, prosiguió la narración:

—Cuando todo parecía irremisiblemente perdido, se produjo un milagro. Algo que sí pudo ser una señal del cielo sobre quién tendría que ser el futuro rey. El viento, que era una suave brisa hasta entonces, al ser empujado por la gigantesca ola, se tornó huracanado, violento, arrastrando todo lo que a su paso encontraba. Como un mensajero del miedo, pasó sobre el poblado levantando polvo y arrancando tejados y cercas. Después, avanzó hacia el interior y tras alcanzar a los que huían, obligándoles a arrojarse al suelo, llegó finalmente a los pies de la montaña «¡Hala-qué-alta». Al golpear la ladera y dada su altitud, el viento ascendió por ella para, acto seguido, replegarse en un gigantesco remolino que, volviendo sobre sí mismo, retornó hacia el mar. Allí, al encontrarse, de golpe con la enorme ola que avanzaba, la encrespo aún más, haciéndola tan gigantesca que sumió al valle en tinieblas. Pero luego, como si por efecto del viento resbalase sobre sí misma, la ola se deshizo; y aunque arrasó al poblado no tuvo ya fuerza para alcanzar a los fugitivos del valle que, por un milagro, se habían salvado.

—¡Vaya suerte! —exclamó, sin poder contenerse, el niño.

—Sí, vaya suerte —le razonó el viejo—, pero también vaya determinación la del joven aspirante a rey…

—¿Y qué pasó después? —volvió a preguntar Julio.

—Pues ya te lo puedes imaginar —le aclaró el noble anciano—. Todos se arremolinaron en torno al joven, vitoreándoles y aclamándole como héroe. Cuando hubo pasado la primera sorpresa, se preguntaron cómo había podido dar un chiflido tal, tan agudo y potente, como jamás se había oído.

El joven se llevó de nuevo la mano a la boca y, formando un óvalo con el índice y el pulgar, repitió el prodigio mientras sentenciaba:

—Pues… ¡Así se hace! Y por eso pasó a ser coronado rey del archipiélago con el bonito nombre de «Así-se-hace».

—¡Bonito cuento! Pero… —dijo el niño para intentar retornar, al otra vez melancólico viejo, a la narración original— dime. ¿No me estás contando la reunión del buen rey «Así-se-hace» con el Consejo?

—Sí, es verdad —respondió, ausente, el noble fabulista—, creo que nos hemos ido por las ramas.

En efecto, amigo lector, el buen viejo, como a veces hacen algunos profesores al explicar una asignatura que les apasiona, se había ido por las ramas; pero no se le podía culpar, era una bonita historia aquella que relataba; solo que, a veces, quedaba prendido en las ramas del recuerdo como si fuese a volver para que Julio participara con él de lo que había vivido. Pero el tiempo, querido niño, no vuelve nunca jamás, solo queda, como una fotografía, en nuestro recuerdo. ¡Ojalá que la tuya, cuando pasen los años, sea hermosa! Señal de una vida rica y provechosa. Por lo tanto, saca enseñanza de este cuento y aprovecha el tiempo. Aprovéchalo siempre y aprovéchalo bien.

V

La inquietud de Julio iba en aumento. El anciano fabulista sabía que no podía demorar por más tiempo el relato sobre el sucesor al trono del reino de las Islas del Sur. Así que hizo memoria y continuó su narración:

—La abdicación del rey «Así-se-hace» había sido proclamada por él mismo. Ya nada podía revocarla. El rey había hablado. El Consejo, una vez hubo escuchado, dábase por terminado. El gran chambelán se acercó entonces al rey y con voz ceremonial puso el epílogo:

—El rey «Así-se-hace» ha manifestado su voluntad; ahora el Consejo procure cumplirla.

—¡Poco demócrata, ese sistema! —dijo entonces Julio, algo molesto por la actitud no muy dialogante del rey.

—Sí, ciertamente —le contó el anciano—, eran tiempos algo duros para las relaciones entre el rey y sus súbditos, pero, como te he dicho antes, era otra época. Afortunadamente el rey «Así-se-hace» había ido introduciendo eso sí, poco a poco, el diálogo social que… Pero bueno —afirmó de improviso el anciano narrador de cuentos—, esa sí que es otra historia en la cual no quiero ahora perderme… Quizás —apostilló—, sí hay ocasión, otro día te la cuente. Ahora volvamos al rey «Así-se-hace» y al Consejo.

El niño asintió con la cabeza. No quería que, por enésima vez la historia del rey y su preciosa hija «Bella-soy» se viera postergada por las otras que, como un mago, el anciano narrador se iba sacando de su memoria. Así que aceptó, por una vez y de buen grado, la sugerencia del viejo. Muy atento y callado se dispuso a conocer entonces el final del Consejo real.

—Como te decía —retomó el hilo del relato el viejo narrador de cuentos—, «el gran chambelán se dirigió al escribano de la corte encargado de tomar nota, sobre una hoja de plátano, de todo lo que allí acontecía y le dijo:

—Escribano, toma nota y haz que esa nota se notifique a todos los notarios de las islas para que tomen nota de la nota que voy a dictarte. —Miró a su alrededor porque le pareció haberse repetido y oír alguna risita de parte de la oposición. Carraspeó un momento y entonando gravemente, dictó:

Al pueblo de las Islas del Sur:

Yo, el rey, decidiendo por propia voluntad dar al reino un sucesor digno, digo que:

Todo el que se crea con la capacidad, voluntad, fuerza y sabiduría para ser rey, entre todos los nativos de las islas, queda convocado en la sala grande del Palacio Real el séptimo día de la luna llena, del séptimo mes del calendario de las mareas. Aquel que, tras las pruebas de selección a las que el Consejo del reino lo someta, sea digno de ser el designado tendrá como dote la mano de la princesa «Bella-soy», la perla de los mares del Sur, hija de vuestro rey «Así-se-hace», y la convertirá en su esposa y reina.

Así lo digo, así lo afirmo, y por lo tanto así lo firmo.

El niño escuchaba el relato con creciente interés y comprendió que se acercaba la parte más interesante.

«Nada menos que un concurso para elegir al nuevo rey» —pensó—. «¡A qué pruebas serían sometidos los aspirantes? ¡Qué pensaría de todo esto la princesa "Bella-soy"? ¿Cómo podría ella aceptar, sin más, que se le impusiera como consorte al ganador sin saber si era, además, el mejor esposo?».

Todas estas preguntas se las hacía Julio mientras se arrellanaba en su improvisado asiento junto a la palmera esperando conocer el resto del relato. El sol poniente comenzaba a descender sobre la vegetación precedido por la calma del viento que le hacía cama con sus etéreas sábanas inmóviles. El viejo continuaba:

—El reino entró en ebullición. Por acá y por allá, por arriba, a derecha y a izquierda; solo se oía una única conversación: el rey busca un príncipe para casar a su hija «Bella-soy» y la selección será dentro de tres semanas en el Palacio Real.

La cosa se ponía interesante. Julio no perdía detalle de la narración:

—Poco a poco se fueron levantando bulos sobre las terribles pruebas, sobre la belleza de la princesa y sobre la participación de este o aquel conocido del lugar. Todo eran conjeturas. Los más ancianos se reunían y cuchicheaban, entre risas, sobre cuál sería el mejor candidato. En una cosa estaban todos de acuerdo: en la sabiduría y bondad del rey que había decidido dejar a un súbdito capaz la continuidad de su reino.

La narración era ahora fluida, descriptiva, amable; se había logrado una perfecta simbiosis entre el narrador y el oyente al igual que ocurre a menudo entre el escritor y el lector de un libro, como si uno y otro se conocieran desde siempre. Esto era lo que estaba ocurriendo entre Julio y el anciano fabulista. Había, se podía decir así, dos mentes distintas siguiendo al unísono, como en un tenso partido de tenis, la evolución de la jugada que en este caso era la narración misma. El anciano y el niño se sentían igual de complacidos. La atmósfera no podía ser más agradable. Y el relato, mientras, continuaba:

—Así, entre reuniones, en las plazas y caminos, en las posadas y en las puertas, llegó el gran día. —El anciano «Tulón-fui» narraba con fluidez cada pasaje dando, con el tono justo de su voz y los movimientos precisos de sus manos, el mayor interés al relato—. Llegando el séptimo día de la luna de la felicidad, que en vuestro tiempo corresponde a la primavera, una enorme multitud se hallaba congregada ante el Palacio Real. Esperaban a que se abrieran sus puertas de bambú para poder así acceder al salón de los espejos, sin duda el más bello de palacio y, por lo tanto, el marco más adecuado para la ceremonia de la elección».

Una brisa proveniente del mar meció por breves instantes las copas más altas de las palmeras del sendero que, bajo la luz tamizada del sol, iba tomando color añil-violeta en sus zonas más sombrías. El hecho, que apenas transcendió, hizo levantar la mirada a nuestros personajes buscando ambos, el origen del susurro. Ese sonido de hojas grandes movidas por el viento, tan familiar para ellos, aunque lo hubieran escuchado en lugares tan distintos. El viejo en aquel fabuloso paraíso de las islas tropicales, donde nació; el niño en su querido Sur, ya tan lejano en su recuerdo. Ambos dejaron, por unos instantes, que el aire que había mecido mansamente las hojas penetrara luego en su interior, revitalizando y por un momento sus latientes corazones; después, bajaron lentamente la cabeza y, sin más, continuaron en el relato:

—En sus aposentos —proseguía el fabulista—, la princesa «Bella-soy», una radiante criatura como ojos no vieron jamás, cuya piel hacía palidecer a la espuma marina, preguntaba, nerviosa, a su padre, el bondadoso «Así-se-hace»:

—Padre: qué ocurrencia tuya. Esto del matrimonio con el mejor caballero ya no se estila… ¿Y si luego resulta que el mejor en la elección y las pruebas es el peor en todo lo demás? —Recalcando el «todo» con intención no oculta—. Padre —concluyó—, ¡no estoy yo por soportar toda la vida a un héroe de comic!

»El bueno de «Así-se-hace» estaba ciertamente turbado. Era mucha la apuesta que había hecho contra la felicidad de su hija y la de su pueblo, pero, no obstante, tranquilizó a la gentil princesa:

—Mira, hija, cierto es que toda elección supone un riesgo —razonó—, pero creo que la prueba que he ideado nos dará el mejor rey… —Y volviéndose tranquilizador a su hija «Bella-soy», al tiempo que la tomaba de la mano para conducirla a la sala de los espejos, concluyó—. Y también al mejor esposo. Créeme, ten fe y verás. —Y diciendo esto se encaminaron hacia la entrada por la puerta real.

»Sonaron las trompetas y los trombones, las arquetas y los doblones; sonaron también los antiguos instrumentos tribales de las islas. Entonces, todos quedaron en pie y en silencio observando la entrada del rey y de su gentil hija «Bella-soy». Iniciaron entonces estos una larga caminata por el salón principal siguiendo el sinuoso trazado de la alfombra de pétalos de jacarandas y nelumbos, impuesta por el protocolo, quizás para mostrar a todos la belleza sin par de la princesa. Finalmente fueron a sentarse donde, desde siempre, se sientan los reyes y las princesas: en unas sillas nada vulgares, que se llaman, por eso, tronos.

De nuevo sonaron las trompetas y los trombones, las arquetas y los doblones, así como todos los antiguos instrumentos tribales de las islas. Al oír su música todo el pueblo se acercó, lentamente al principio, luego con mayor desorden, al salón de los espejos. La multitud no se podía contar. Había toda clase de personas, desde el joven deseoso de competir, hasta el viejo ya desdentado por el paso de los años que también reclamaba una oportunidad, basada sin duda en la experiencia, de la que no andaría falto. Pero nadie sabía a qué pruebas se someterían y, tal vez por ello, cada cual las imaginaba a su propia medida. Así, los jóvenes esperaban pruebas de fuerza, de la que ellos siempre estaban sobrados; los galanes, de apostura; los viejos, de sabiduría; los cobardes, de prudencia. Los valientes, de arrojo. Los pusilánimes de reflexión. Los juristas, sobre leyes; los médicos de medicina, los maestros de doctrina, los pescadores de las artes del mar; los cocineros, de comidas; los agricultores de los generosos frutos del campo… Y así un sinfín de profesiones cada cual arrimando el ascua a su sardina como suele decirse».

—¡Eso! Como suele decirse —apostilló el niño no muy seguro de haber entendido lo del ascua y menos aún lo de la sardina. El venerable no pudo reprimir un gesto de enojo ante la ignorancia de Julio.

—Bueno… pues así es —recapituló el viejo—. El rey entonces hizo una señal al gran chambelán y este, desplegando un pergamino, se apresuró a aclararse la voz con zumo de coco; hecho esto, leyó:

—Leales y fieles súbditos: El rey «Así-se-hace», deseoso de la continuidad dinástica del reino, os ha convocado aquí, en el día de la felicidad, para escoger entre todos vosotros al más digno rey; y también, para que la felicidad sea completa, casar a su hija, la princesa «Bella-soy».

»Dicho esto, la gentil princesa apartó de su cara el velo que la cubría. Un ¡oh! Se oyó, unánime, ante la sin par belleza de todo el reino. La hija del rey se inclinó entonces, suavemente, al oído de su padre diciendo complacida: «parece que gusto». El rey confirmó, satisfecho, la observación de su hija y apenas el eco del ¡oh! Se hubo disipado, el gran chambelán prosiguió:

—Para ello, se realizará una sola prueba. —Y diciendo esto, a su señal, unas pesadas cortinas se descorrieron en un ángulo de la sala dejando ver un maravilloso cofre de finos dorados. El Chambelán prosiguió señalando al cofre:

—En este cofre se halla, encerrado, el espíritu de amor de la princesa «Bella-soy». Quien logre abrirlo, alcanzará su amor eterno. Para lo cual debe utilizar la llave de la felicidad que, naturalmente, es la única que puede abrirlo.

»Un murmullo de aprobación se elevó, como un torrente, de la multitud. El Chambelán aprovechó este momento para realizar otra nueva señal que hizo descubrir, tras otros densos cortinajes, un inmenso corredor. Allí, colgadas de las paredes, una miríada de llaves se mostraron a los curiosos ojos de la multitud que abarrotaba el gran salón de los espejos del Palacio Real. Había llaves de todos los tamaños y formas, grandes y pesadas junto a pequeñas y delicadas; unas eran de oro, otras de diamantes y rubíes. Las había hechas por las delicadas manos de minuciosos orfebres; otras, a su vez, procedían de ebanistas, de ferreteros o de simples peones, aprendices de nada. Unas parecían aristócratas, las otras vulgares. Pero todas estaban allí, con su aire potencial de abrir, una sola de ellas, el corazón de la bella princesa y, por ende, entregar al afortunado el sillón del trono, lo que tampoco era nada desdeñable.

Decididamente el relato se ponía interesante, al menos a juzgar por la cara de Julio que había dejado de parpadear y esperaba, tenso, el desenlace. «¿Quién era el elegido? ¿Qué llave podría ser la correcta?» se preguntaba. Estaba impaciente y apremió al viejo con un «¡sigue, sigue!» que obligó al anciano a no detenerse en demasiados perifollos descriptivos e ir al grano, al meollo del asunto:

—Un involuntario movimiento pareció apoderarse de la multitud que avanzó, primero lentamente y luego cada vez con más decisión, hacia el largo pasadizo que se abría ante ellos. Todos querían probar suerte. «¿Y si me toca precisamente a mí?» se decían. El azar, querido niño, ese duendecillo travieso y juguetón, se sienta, a veces, en el hombro del que menos se lo espera; es esto lo que hace soñar a los humanos: «Mira tú si después de todo —se dicen a sí mismos—, me toca precisamente a mí… Y sonrientes son capaces de jugárselo todo por el cruel y pícaro azar…». Mala costumbre, muchacho. —Sentenció, para acabar rotundo—: ¡Muy mala costumbre!

El niño parecía no entender mucho de azar, pero asintió; esperaba que así el viejo continuara su relato sin perderse en sus frecuentes divagaciones, que tanto lo distraían. Pero, esta vez, sin embargo, no se fue por las ramas y prosiguió:

—Cuando los primeros estaban ya cerca de la entrada a la galería de llaves, un sonoro gongo los hizo detenerse. El

Chambelán, aprovechando el desconcierto entre ellos, dijo entonces sacando el registro más grave a su voz:

—Bien, que cada cual coja la suya; una y solo una, pero… ¡Cuidado! —La voz se hizo aquí solemne—. ¡Escoged bien! Porque si os equivocáis, el castigo por haber osado, inmerecidamente, al amor de la bella princesa será el único premio a vuestro necio deseo.

»Y, diciendo esto, una tercera cortina se descorrió para mostrar un descomunal verdugo que, en ademán amenazador, hizo dar un grito agudo a la multitud. El gran chambelán, a su vez, concluía su breve discurso mirando ahora a los asistentes con gesto desafiante:

—La prueba puede comenzar. Los que deseen participar, que den un paso adelante.

—Todos dieron un paso… Atrás; algunos tal vez incluso dieron varios —comentó divertido el viejo—. De golpe, la belleza del juego de azar donde todos soñaban con ser los ganadores y todos, alegremente, se disponían a participar, se había tornado en una horrible y muy poco atractiva prueba con un final ciertamente poco tranquilizador para la gran mayoría de los que la aceptaran. Y es que el azar era aquí un diablillo con muy mala idea.

El niño se quedó por un momento dubitativo.

—¿Entonces nadie participó en la prueba?

—No. Después, lentamente —continuó el anciano—, alguno de entre ellos dio un paso vacilante. Luego, más allá, otro hizo lo mimo, después otro, y otro más; y así, como pequeñas piedras negras en una inmensa playa de arena blanca, solo unos cuantos aceptaron el reto.

—¡Bien! —exclamó entonces complacido el rey dando una palmada en el sillón del trono mientras se mecía con lentitud—. Ya tenemos a los valientes; veamos ahora si son también prudentes…

La narración se ponía, de nuevo, interesante. Julio esperaba al menos que estos decididos concursantes no se echaran atrás en el último instante. Así que prestó toda su atención al relato que continuaba de la mano de aquel fabulador de cuentos que era el viejo.

—Seguidos por el gran chambelán fueron conducidos a la entrada del largo corredor repleto de llaves. Con cara de ilusión, todos desfilaron primero ante el cofre dorado; después, con aire menos risueño, pasaron de puntillas ante el verdugo hasta llegar así a la puerta del salón de las llaves. Allí, tras un breve titubeo, se introdujeron en la sala mientras un largo «¡uy!» salía de las gargantas de los miles de observadores que momento antes habían decidido, resueltamente, permanecer como tales ante la mirada amenazante del verdugo.

»Mientras, los que habían aceptado el desafío, comenzaban su elección. Uno a uno iban deteniéndose acá y allá, tocando, pesando cada llave. Rozaban los finos dientes de diamante de una, el pomo dorado de otra o simplemente admiraban el pulcro trabajo de orfebrería de una tercera. Algunos tomaban una en cada mano con gesto de sopesar el tamaño con el peso; comparaban los arabescos de ellas con los del cofre de la sala contigua intentando encontrar alguna similitud. El silencio era sepulcral, solo perturbado por la tos del verdugo, una tos horrible, que helaba por momentos la sangre de aquellos valientes al oírla. Incluso hubo quien, súbitamente, arrojó la llave que contemplaba para emprender veloz carrera hacia la salida. Pero el ademán seco del descomunal ejecutor detuvo sus pasos para hacerle volver hacia alguna otra llave que le ayudase a salir del trance en que él mismo, de modo precipitado, se había metido.

El sol del ocaso se había hecho tan enorme que ocupaba todo el horizonte en aquel alejado paraíso. Decididamente, el día se iba plácidamente. Las aves marinas buscaban ya seguro refugio en sus nidos sabre las palmeras, haciendo la orilla resonar en mil cantos. El niño temía que al irse el sol el anciano dejase la narración; por eso con la mirada, sin atreverse a interrumpir, le rogó que siguiera. El noble viejo lo entendió y con un movimiento de su mano le hizo comprender que su relato aún continuaría. Más tranquilo, Julio se sentó cómodamente sobre el tronco de palmera que le servía de apoyo y se aprestó a escuchar, de nuevo el final de la historia.

—Fue pasando el tiempo. La princesa, de vez en cuando, miraba suplicante a su padre; no quería que ella fuese el motivo del horror que sin duda se iba a desatar en breves momentos. Su padre, a su vez, la observaba, entre divertido y preocupado; tampoco quería que su dulce perla sufriese, pero... «las cosas deben ir por el camino que las cosas deben de ir» —se decía a sí mismo—, «y un rey no puede ceder ante su responsabilidad; escoger sucesor y fiel marido de su hija era una tarea demasiado importante para hacerla de otro modo». Los valientes, mientras, ultimaban su elección:

«Esta llave de oro y piedras preciosas es sin duda la que abrirá el cofre», pensaba uno.

«No, es esta otra de espuma de mar. La dulzura de "Bellasoy" no puede tener otra llave en su corazón», razonaba otro.

«¡Esta! Esta es de aguamarina. Sus ojos son su fiel reflejo» concluía el tercero.

—Y así —proseguía el anciano narrador—, cada cual fue eligiendo la llave que, a su saber entender y porfiar, abriría el cofre donde se encerraba el amor de «Bella-soy». En medio de ellos, sin embargo, había un joven que, desde el principio, no parecía decidirse por ninguna de ellas. Miraba al rey, luego al verdugo, más tarde al cofre y, por último, a los bellos ojos de la princesa, de un azul infinito, y volvía una y otra vez a pasearse por entre las filas de llaves, simétricamente dispuestas, en aquel enorme salón.

»Un golpe seco de gong sacudió a la multitud de su letargo contemplativo e hizo crecer el murmullo. La primera parte de la prueba había concluido. Siempre precedidos por el gran chambelán, los valientes que habían aceptado el desafío salieron de la sala para colocarse ante el trono del rey y de «Bella-soy». Se dispusieron de espaldas a la multitud teniendo a su derecha el precioso cofre y a su izquierda al terrible verdugo, con su tos ronca e insistente. El rey se entretuvo entonces en contarlos; eran doce.

—¡Solo doce de toda la multitud de súbditos! —exclamó sorprendido—. Creo que la prueba es sin duda selectiva; ahora espero poder elegir el mejor—. Hizo entonces una señal al Chambelán para tomar la palabra—. Dignos súbditos de este gran reino de las Islas del Sur; sois sin duda dignos de admiración, pues de entre los más de setenta mil aspirantes solo vosotros doce habéis tenido el coraje de desafiar a la prueba y arriesgaros por la mano de mi hija «Bella-soy». Sois, sin duda, valientes y solo esto ya os hace dignos de mi confianza, porque únicamente aquel que es capaz de desafiar el peligro para conseguir lo que desea es digno de obtener lo que busca. —Hizo un breve silencio. Por un momento observó en los rostros de sus interlocutores las caras de satisfacción que aquel reconocimiento le daba.

—¡El poder de la palabra! —exclamó el viejo fabulista, arrebatado por la narración—, capaz de dar la felicidad sin poseerla; capaz de dar fuerza sin tenerla y confianza sin sentirla. Una palabra de aliento era lo que el rey les daba a aquellos hombres que se reconfortaron al oírla, aunque la tos del verdugo siguiera agitando sus figuras como el viento del mar hace con las palmeras de las Islas en los días de tormenta.

»De nuevo, el rey continuó con voz grave:

—Pero no basta el valor —dijo el monarca—, el valor por sí solo puede cegar al hombre que lo posee y traer la desgracia a él y a su pueblo. Se necesita además prudencia para saber administrarlo. —El rey se incorporó de su trono—. Ahora os preguntaré, uno a uno —dijo—, por la llave que habéis escogido y el por qué lo habéis hecho.

»Se adelantó el primero. Un corpulento leñador de palmeras que realizaba su labor en la isla de las rosas fragantes. Llegó ante el rey y dijo:

—Majestad —comenzó—, he escogido esta llave de oro y diamantes porque el amor de la bella princesa solo puede compararse al brillo de un metal tan precioso como el oro y a una piedra tan pura como el diamante.

—Majestad —continuaba el segundo, esta llave de fina orfebrería que he seleccionado es la que, sin duda, abrirá el cofre que guarda el amor de la princesa porque solo el trabajo minucioso y el valor del orfebre que la ha realizado pueden compararse a su belleza.

»El rey se quedó mirando a este segundo, un hombrecillo de pequeña estatura, que ejercía de prestamista de cocos. Asintió con la cabeza y miró entonces al tercero:

—Majestad —dijo este—, estoy seguro de que la única llave que abre el amor de la princesa es esta, hecha de aguamarina y nácar; nada hay más preciado que la gracia del mar que brilla sobre ella.

»Y, así, cada cual fue relatando el porqué de su elección. El rey observó entonces que en la selección de aquellos doce valientes había cierta diversidad; junto al leñador y al prestamista se encontraban, entre otros, un soldado, un pescador y un acaudalado comerciante, así como un pillo varias veces reprendido por la justicia, un venerable anciano y un joven de recia planta.

—Bueno, en algo sí que estamos seguros —pensó el rey—, y es que el valor no está solo en el corazón de una casta, sino que puede encontrarse en donde menos se espera; lo cual habla mucho a favor del hombre y se su firma determinación que no conoce cuna ni oficio. El valor es patrimonio de la humanidad, así debe ser.

»Mientras esto pensaba, la mirada del rey se detuvo en el último participante, el joven de recia planta que había dudado tanto en su elección. El rey lo miraba con curiosidad mientras con el rabillo del ojo, como hacía cada vez que preguntaba a cada participante, observaba la reacción de su hija «Bella-soy». Esta, con los ojos entornados y la mirada tonta, no tenía que esforzarse mucho para demostrar su admiración hacia el joven. Feliz de ello, el buen rey prosiguió:

—Joven —comenzó—, eres sin duda valiente y también me pareces prudente porque te he visto mediar largo tiempo tu elección; veamos si además de todo esto eres juicioso, la tercera de las virtudes que un buen rey tiene que poseer para gobernar. Abre tu mano y enséñame lo que has escogido.

»El joven adelantó su mano y la abrió, entonces un «¡oh!» de sorpresa se elevó entre los miles de presentes.

—¡Está vacía! —gritó la multitud asistente, al unísono.

—¡Está vacía! —dijo el gran chambelán.

—¡Está vacía! —exclamaron los otros once contendientes.

—¡Está vacía! —no pudo, por más que quiso, reprimirse el verdugo.

—Padre… ¡está vacía! —dijo, con voz dulce y quebrada, la gentil princesa.

—Sí… en efecto ¡está vacía! —concluyó el rey.

—Por supuesto que está vacía —confirmó el joven. Tras una breve pausa, se impuso el silencio en el auditorio; entonces el joven finalmente habló—. Majestad —comenzó diciendo—, sois bueno porque queriendo el bien de vuestro pueblo os habéis preocupado por buscar al mejor sucesor. Podíais haberlo nombrado a vuestro gusto —reflexionó—, nadie os lo hubiera contestado; y, sin embargo, habéis preferido dejar la elección al pueblo. Y habéis sido, además, justo porque no quisisteis restringir las pruebas a unos cuantos poderosos, o a los más ricos; ni siquiera a los más fuertes. Las habéis abierto a todo aquel que quisiera probar fortuna. También sois prudente, porque habéis puesto freno a la opción mediante la terrible amenaza —y mientras esto decía miró al verdugo—, y digo amenaza —prosiguió—, porque eso es lo que es… Solo una amenaza que ha servido, que ha sido capaz de apartar a los timoratos, a los pusilánimes y a todos aquellos que no pueden, ni deben, llevar los destinos de un pueblo tan noble como el nuestro. —El discurso del joven y valiente súbdito agradaba al rey que, complacido, se mecía en su silla real cada vez más satisfecho. La princesa estaba encantada con la gracia y la soltura del gallardo joven. «¡Qué bien habla...» apenas acertaba a repetir mientras le observaba. Por su parte el joven continuaba con su discurso—. Y este concurso, que ha servido para escoger a los más capaces, lo habéis hecho ciertamente sin quebrar en un ápice el código de vuestro pueblo pues, hasta aquí, nadie ha sufrido ningún castigo... —Suspendió un momento sus palabras y con gesto firme concluyó—. ¡Ni lo sufrirá! —Un murmullo creciente surgió, como un surtidor, de los más profundo de todos los presentes. El joven aprovechó el momentáneo estupor de los asistentes para concluir—. Y nadie —continuó—, lo sufrirá porque no tenéis, ¡oh buen rey!, ni habéis tenido nunca intención de cumplir vuestra amenaza.

»El rey, con rostro severo, se puso de pie. Quedó firme ante el joven mirándolo fijamente a los ojos y, tras una breve reflexión, le preguntó:

—¿Sí? ¿Por qué lo crees, joven?

—Eso, ¿por qué? —repitió el gran chambelán a su vez.

—Sí, ¿por qué? —repitieron los otros once contendientes, siempre al unísono...

—Sí, dinos ¿por qué? —inquirió, con un rugido, la multitud.

—Sí, dímelo ¿por qué? —cantó la dulce princesa «Bella-soy».

—Sencillamente —respondió el joven— porque un rey bueno, justo y prudente no puede castigar a los que, valientemente, han decidido jugarse el todo por el todo para conseguir el amor de su hija.

—Entonces… —Interrumpió severo el rey—. ¿Por qué tú no tienes ninguna llave?

—Esto —respondió seguro el joven—, es fácil de explicar. —Dio unos pasos al frente, situándose cerca de «Bella-soy» y continuó—. El corazón y el amor de la joven princesa no es diferente al amor de otras lindas muchachas. Siempre ha sido así y siempre así será. El amor no es de oro ni de plata, ni siquiera de aguamarina es; ni tampoco de marfil. El amor no tiene color, majestad. No se le ve, es poderoso, pero no tiene forma, y no hay en el mundo nadie que lo pueda aprisionar porque, como el viento en el cual vive… ¡Es libre! —Y dando un ágil salto mientras pronunciaba estas palabras, el joven se situó junto al inmenso cofre dorado y, sin ningún esfuerzo, empujando suavemente con un dedo, su tapa superior, lo abrió.

»Un «¡oh!» unánime se elevó de entre los presentes. Era un «¡oh!» Tan grande que más era un «¡oooh!» que un simple «¡oh!». El rey se miró complacido:

—¡Bravo! —dijo dando una sonora palmada mientras soltaba una carcajada de complacencia. El gran chambelán dio una palmada seguida, al unísono, por las de los otros once. El pueblo entero dio su palmada y, después de que todos hicieran silencio y mirasen a la princesa, esta primero miró a su padre, luego al joven, miró después a los otros once, uno a uno (no al unísono), miró al Verdugo y, por fin, a todo el pueblo. Y entonces, se levantó y exclamó:

—¡Eres maravilloso papá; soy muy feliz! —Y corrió a abrazarse al joven.

El relato había llegado a su fin, pero Julio no se quedaba sin preguntar:

—¿Y qué pasó con el joven y la princesa?

—El buen, justo, prudente y sabio príncipe —respondió el viejo—, nombró ministros a los otros once aspirantes, según sus cualidades; y el reino fue feliz, y feliz su reinado y más feliz el príncipe que, después, fue coronado rey. Que todavía lo es y que ahora te habla.

—¡Tú! —exclamó Julio—. ¿Tú eres el príncipe de esta historia, de este cuento de hadas?

—Sí, así es —aseveró el anciano—; y como soy bueno, justo prudente y sabio —dijo complacido—, sé el nombre de la enfermedad que padeces; lo sabía aún antes de conocer tu historia, pero la he querido escuchar y contarte a la vez la mía porque escuchar y hablar es un placer que solo los dioses comparten con los hombres, y que solo al hombre y al perro les es dado, a su vez, compartir.

Julio se quedó extrañado por aquella última afirmación.

—¿Al perro? —preguntó extrañado.

—Sí —le respondió el anciano—, al perro. Tú me has dicho que tienes un perro, ¿verdad? —Sí, su padre le había comprado uno cuando cayó enfermo en la gran ciudad. Era un bonito y gran mastín al que pusieron el nombre del dios del trueno.

—¿Y no le hablas? —inquirió el viejo.

—¡Mucho! —respondió Julio—. Le cuento mis problemas, lo que me pasa cada día; él me mira y parece que me escucha, pero… ¡vaya una tontería! —exclamó el niño—. ¿Cómo va a comprenderme un perro?

—¿Eso crees? —replicó el viejo sabio—. ¡Estás tan equivocado! Ya te he dicho que los dioses también le dieron el don de escuchar al perro porque sabían que, siendo el mejor amigo del hombre, siempre estaría a su lado para saber escucharlo.

—Sí —replicó entonces Julio—, mi perro se llama Thor y es hijo de la perra de la estanquera de mi pequeño pueblo, al Sur. Pero Thor también está triste… Nos pasamos el día uno triste con el otro…

El anciano miró con cara de condescendencia al niño. Lo vio triste, desasistido, perdido en un mundo que él no comprendía. Entonces, sosteniéndoles la cara por la barbilla, le dijo:

—Julio, mira, ¿sabes el nombre de tu enfermedad?

—No —le respondió resignado.

—Pues se llama «Melancolía».

—¿Mela… qué? —repitió maquinalmente el niño.

—Melancolía —aseguró el anciano—. Es una enfermedad tremenda que nos ataca un poco a todos y que, como en el cuento que antes te he contado, hay que saber diagnosticar con sabiduría y tratar con prudencia. ¿Recuerdas los oros, las joyas y las piedras preciosas que no consiguieron el corazón de la princesa? —El niño asintió con la cabeza, el anciano continuó—. Eso es porque la felicidad no tiene llave dorada que la abra y solo está allí donde tú quieres que esté. No tiene valor material ni se puede conseguir con dinero; ni siquiera con el poder o el mando. Se encuentra allí donde esté tu corazón. Ve allí donde él se encuentre, allí encontrarás la felicidad y la alegría de vivir.

Mientras esto decía, el anciano continuaba, como era su costumbre, realizando figuras geométricas con el bastón de palmera finamente tallado que llevaba en la mano. Luego, se levantó pausadamente y con gesto amigable se despidió del niño. Y, lentamente, como trasportado por la brisa de la playa, se fue…

Julio se quedó solo, meditando las últimas palabras del sabio anciano. ¿Qué le habría querido decir? Solo entonces reparó en las figuras dibujadas por el noble anciano en la arena. Eras tres palabras, con trazo elegante y firme podía leerse: «EN EL SUR».

VI

Julio, ese niño que es igual que tú, ha vuelto a su antigua casa del Sur. Ha vuelto a asomarse a la ventana de su pequeña casita blanca en la Avenida de los Manantiales y ha vuelto a ver el sendero de eucaliptos que conducen al mar azul y al cielo eterno sobre él. Súbitamente se escucha un trueno, el cielo se cierra ¡salta la lluvia! Los eucaliptos gritan: «ya viene, ya viene». Y mientras abre las alas de sus brazos, Julio corre sendero abajo lleno de lluvia y perseguido por su perro Thor, el dios del trueno, que, alegre, brinca junto a él. Corre y corre feliz hacia la playa. Julio, ese niño como tú y como yo y que tanto se nos parece, es ahora feliz porque tiene lo que su corazón quería: tiene agua de la lluvia en la cara, el sendero de arena mojada a sus pies y sobre todo tiene el Sur, todo el Sur en su corazón. Solo así es feliz. Fíjate que curioso, es… ¡Tan feliz como tú!

FIN